# আত্মহত্যার ফাঁদ

অভিষেক রায় চৌধুরী

Copyright © Abhishek Roy Choudhury
All Rights Reserved.

ISBN 979-888606550-3

This book has been published with all efforts taken to make the material error-free after the consent of the author. However, the author and the publisher do not assume and hereby disclaim any liability to any party for any loss, damage, or disruption caused by errors or omissions, whether such errors or omissions result from negligence, accident, or any other cause.

While every effort has been made to avoid any mistake or omission, this publication is being sold on the condition and understanding that neither the author nor the publishers or printers would be liable in any manner to any person by reason of any mistake or omission in this publication or for any action taken or omitted to be taken or advice rendered or accepted on the basis of this work. For any defect in printing or binding the publishers will be liable only to replace the defective copy by another copy of this work then available.

# বিষয়বস্তু

1. অধ্যায় 1 — 1
2. অধ্যায় 2 — 6
3. অধ্যায় 3 — 11
4. অধ্যায় 4 — 15
5. অধ্যায় 5 — 22
6. অধ্যায় 6 — 29
7. অধ্যায় 7 — 34
8. অধ্যায় 8 — 38

# 1

*দিয়া মল্লিক*

"নমস্কার ম্যাডাম। শুনলাম আপনি এখন কথা বলতে পারবেন।"

"হ্যাঁ, নমস্কার। বসুন। এখন আমি ঠিক আছি।"

"আমি জানি যে এই সময়ে আপনাকে সমবেদনা জানানো ছাড়া আর কোনো কথা বলা ঠিক নয়। কিন্তু যেহেতু আপনার স্বামীর মৃত্যুটা স্বাভাবিক নয়, আমাদের কিছু প্রশ্ন করতেই হয়। বুঝতেই পারছেন।"

"হ্যাঁ, বুঝতে পারছি। কোনো অসুবিধা নেই। বলুন কি প্রশ্ন আছে আপনার।"

"ঘটনাটা সকালবেলা আপনিই তো আবিষ্কার করেন, তাই না?"

"হ্যাঁ।"

"কি দেখলেন একটু ডিটেলে বলবেন?"

"ডিটেলে বলার মতো কিছু নেই। রোজ সকালে আমি কফি বানিয়ে ওকে ডাকি। আজও ডেকেছিলাম। কয়েকবার ডেকে সাড়া না পেয়ে ঘরে গিয়ে দেখি ওই অবস্থা। তখন আমি চেঁচিয়ে আমার বোনকে ডাকলাম। বোন এসে ডাক্তারকে ফোন করলো।"

"ডাক্তার পালকে?"

"হ্যাঁ, উনি আমাদের ফ্যামিলি ডাক্তার।"

"উনিই কনফার্ম করলেন যে দেবাশিসবাবু বেঁচে নেই?"

"হ্যাঁ, তবে আমি আগেই বুঝতে পেরেছিলাম। শ্বাস পড়ছিল না। গা-হাত-পা বরফের মত ঠাণ্ডা হয়ে ছিল।"

"সারা রাতে আপনি কিছু টের পাননি? কিংবা যখন সকালে ঘুম থেকে উঠলেন? তখনও কিছু বুঝতে পারেননি?"

"না। আমি বাবার ঘরে শুয়েছিলাম। সকালে কফি বানিয়ে তারপর ওকে ডাকতে ও ঘরে গেছিলাম।"

"ও, আই সি। কাল দেবাশিসবাবু একা শুয়েছিলেন?"

"হ্যাঁ। শুধু কাল নয়, ও ওঘরে একাই শোয়। আমার বাবা প্যারালাইসিসের রুগী, শরীরের ডান দিকটা পুরোটা অবশ। বিছানা ছেড়ে উঠতে পারে না। কথা বলতে পারে না। তাই আমি রাতে বাবার সঙ্গে শুই, যদি কিছু দরকার লাগে।"

"আচ্ছা। তার মানে দেবাসিশবাবুর সঙ্গে আপনার শেষ কথা হয়েছিল কাল রাতে, তাই তো?"

"হ্যাঁ।"

"তখন কিছু খেয়াল করেছিলেন? মানে ওনার কথাবার্তায় বা আচরণে অস্বাভাবিক কিছু?"

"নাঃ। আসলে কাল রাতেও ওর সঙ্গে আমার তেমন কথা হয়নি। অনেক রাতে বাড়ী ফিরেছিল। সাড়ে এগারোটারও পরে। ইদানিং ওর অফিসে খুব কাজের চাপ চলছিল। প্রায়ই বাড়ী ফিরতে এগারোটা সাড়ে-এগারোটা বেজে যেত। কালও তাই হয়েছিল। বাড়ী ফিরে অত রাতে আর তেমন কিছুই কথা হয়নি আমাদের। যে যার মত শুয়ে পড়েছি।"

"রাতে খাননি?"

"আমাদের খাওয়া হয়ে গেছিল। আর ও বেশী রাত করে ফিরলে বাইরেই খেয়ে আসে।"

"অর্থাৎ রাতে সন্দেহজনক কিছু আপনার চোখে পড়েনি।"

"না।"

"হুম। তার মানে ঠাণ্ডা মাথায় ভেবেচিন্তেই সুইসাইডটা করেছেন উনি। এটা হুট করে নেওয়া কোনও সিদ্ধান্ত নয়। শোবার আগে পর্যন্ত নিজেকে স্বাভাবিক রেখেছিলেন, যাতে আপনারা কিছু বুঝতে না পারেন।"

"তাই হবে।"

"আর তার মানে হল, ওনার সুইসাইডের পেছনের কারণটাও হঠাৎ করে গজিয়ে ওঠা কিছু নয়। বরং এমন কিছু, যেটা ওনাকে অনেকদিন থেকেই বিপদে ফেলেছিল। রিসেন্টলি কোনও সমস্যার কথা উনি আপনাকে বলেছিলেন?"

"সমস্যা?"

"চাকরিবাকরি সংক্রান্ত? অফিসের কোনও কিছু নিয়ে টেনশন?"

"না। আমি যদ্দুর জানি ওর অফিস ভালোই চলছিল। কাজের চাপ ছিল একটু বেশী, কিন্তু সেটা নিয়ে কোনও টেনশন ছিল না। নতুন চাকরি ও বেশ এনজয় করছিল।"

"নতুন চাকরি?"

"হ্যাঁ, বছরখানেক হল আগের কোম্পানি ছেড়ে এখানে জয়েন করেছে।"

"ও। তা, আগের কোম্পানিতে কোনও সমস্যা হয়েছিল নাকি?"

"না, সমস্যা কিছু হয়নি। আসলে আগের চাকরিটায় কাজের ধরণ একটু অন্যরকম ছিল। মাঝেমধ্যে ট্যুরে যেতে হত। সেগুলো ওর আর ভালো লাগছিল না। তাই চেঞ্জ করল। বাড়ী থেকে এই অফিসটা কাছে, ফলে যাতায়াতে প্রায় ঘন্টাখানেক সময় বাঁচে। আগের অফিসটা আরও দূরে ছিল।"

"হুম। তাহলে অফিসে কোনও সমস্যা ছিল না। অন্যরকম কিছু?"

"অন্যরকম বলতে?"

"ফিনান্সিয়াল। পয়সাকড়ির ব্যাপারে কোনও চাপ ছিল? কোনও ধার-দেনা?"

"নাঃ। আমাদের বেশ ভালভাবেই চলছিল। ওর কথাও কোনও ধার ছিল না। অন্তত আমি তো জানি না।"

"নেশা-টেশা করতেন?"

"নেশা বলতে ওই সিগারেট। প্রতিদিন প্রায় এক প্যাকেট। আর মাঝেসাঝে কোনও পার্টি-টার্টিতে অল্পবিস্তর ড্রিংক করত। তবে বাড়ীতে কখনও নয়। আর কফির নেশা ছিল। দিনে পাঁচ-ছ কাপ কফি খেত।"

"সে অনেকেই খায়। আর সিগারেট, মদ – এগুলোও কোনও সমস্যাজনক নেশা নয়। যদি না মদ খেয়ে মাতাল হয়ে কেউ ঝামেলা পাকায়। তা, আপনি তো বলছেন উনি অল্পবিস্তর ড্রিংক করতেন। মাতাল-টাতালও হতেন না সম্ভবত।"

"কখনোই নয়।"

"তাহলে তো ওই দিক থেকেও সুইসাইড করার মত কিছু দেখছি না। বাই দা ওয়ে, আপনার সঙ্গে ওনার সম্পর্ক কেমন ছিল? মানে, কিছু মনে করবেন না প্রশ্নটা করলাম বলে।"

"না না, মনে করার কি আছে। আমাদের সম্পর্ক ঠিকঠাক ছিল।"

"আপনাদের বিয়ে হয়েছে কতদিন?"

"চার বছর।"

"এখনও ছেলে-মেয়ে কিছু হয়নি?"

"না। আসলে প্ল্যান করে উঠতে পারিনি। বিয়ের পর একটু পয়সাকড়ি জমিয়ে নিয়ে তারপর বাচ্চা নেব ভেবেছিলাম। তার মধ্যে বাবার এই অবস্থা হয়ে গেল।"

"আপনার বাবা কতদিন হল এভাবে শয্যাশায়ী?"

"দুবছর হয়ে গেল।"

"তার মানে গত দুবছর ধরে আপনারা রাতে আলাদা শুচ্ছেন?"

"হ্যাঁ। তবে এটার অন্যরকম কোনও মানে করবেন না। এই নিয়ে আমাদের মধ্যে কোনো ঝগড়াঝাঁটি ছিল না। বরং ওই আমাকে বলেছিল বাবার সঙ্গে রাতে শুতে।"

"অর্থাৎ এই ব্যাবস্থায় দেবাশিসবাবুর কোনও অমত ছিল না, তাই তো?"

"একেবারেই না।"

"ভেরী গুড। তাহলে তো সবকিছুই ঠিকঠাক দেখছি। হ্যাপিলি ম্যারেড, পছন্দের চাকরি, অকেশনাল ড্রিংকার, ডেইলি এক প্যাকেট সিগারেট আর পাঁচ কাপ কফি। আদর্শ মিড্‌ল্ ক্লাস লাইফ যাকে বলে। কিন্তু দুম করে সুইসাইডটা করতে গেলেন কেন?"

"সেটা তো আমিও ভেবে পাচ্ছিনা।"

"সুইসাইডটা উনি কিভাবে করলেন সেটা ভেবে পাচ্ছেন কি?"

"মানে?"

"আপাতত যা বোঝা যাচ্ছে, উনি রাতে ঘুমের ট্যাবলেট খেয়েছেন। একটা–দুটো ট্যাবলেটে তো কেউ মরে না, অনেকগুলো খেতে হয়। এই

অনেকগুলো ট্যাবলেট উনি পেলেন কোত্থেকে? ওষুধের দোকানে তো সাধারনত প্রেস্ক্রিপশান ছাড়া ঘুমের ওষুধ দেয়না। উনি কি এমনিতে ঘুমের ওষুধ খেতেন?"

"না।"

"এবাড়ীতে আর কেউ খায়?"

"আমার বাবা খায়। বাবাকে রোজ রাতে একটা করে ঘুমের ট্যাবলেট খেতে হয়, নয়তো ঘুমোতে পারে না।"

"ওনাকে সেই ওষুধ আপনি খাওয়ান রোজ?"

"হ্যাঁ।"

"আর সেই ওষুধ কে কিনে আনে? দেবাশিসবাবু?"

"হ্যাঁ। বাবার সব ওষুধ ওই কিনে আনত। কিন্তু সেই ওষুধ ও খায়নি।"

"আপনি চেক করেছেন?"

"হ্যাঁ। ডাক্তারবাবু যখন বললেন যে ও ঘুমের ওষুধ খেয়েছে তখন আমার মাথায় এই কথাটাই এসেছিল। আমি চেক করে দেখেছি, বাবার সব ওষুধ ঠিক আছে। ডাক্তারবাবুও চেক করেছেন।"

"তার মানে নিজের জন্য আলাদা ট্যাবলেট কিনেছিলেন। বা জোগাড় করেছিলেন। শ্বশুরের ওষুধে হাত দেননি, যাতে কোনোভাবে আগেভাগে ধরা না পড়ে যান।"

"তাই তো মনে হচ্ছে।"

"গোটাটাই বেশ ঠাণ্ডা মাথার কাজ দেখছি। ভালোরকম ঝামেলাতেই পড়েছিলেন মনে হচ্ছে দেবাশিসবাবু।"

"আমি তো কিছুই বুঝতে পারছি না!"

"এখন আর বুঝতে পেরেই বা কি হবে বলুন। উনি তো আর ফিরবেন না। যাই হোক, আপনাকে ধন্যবাদ, কোঅপারেট করার জন্য। এবার আপনার বোনের সঙ্গে একটু কথা বলব। কি যেন নাম ওর?"

"রিয়া।"

# 2

### রিয়া মল্লিক

"আমি তোমাকে তুমি করেই বলছি, কারণ তুমি আমার থেকে অনেকটাই ছোট।"

"হ্যাঁ, নিশ্চয়ই।"

"তোমার দিদি সকালে ঘটনাটা আবিষ্কার করার পর তো তোমাকেই প্রথম ডেকেছিলেন?"

"হ্যাঁ।"

"তখন তুমি কি করছিলে?"

"আমি তখন সবে ঘুম থেকে উঠেছি। চোখ-মুখও ধুইনি। হঠাৎ দিদির চিৎকার শুনে ছুটে গিয়ে দেখি ওই ব্যাপার।"

"তারপর তুমি ডাক্তার পালকে ফোন করলে?"

"হ্যাঁ। আমার মনে হয়েছিল ওনাকেই সবার আগে জানানো দরকার।"

"ঠিকই মনে হয়েছিল তোমার। যাই হোক, আমি যেটা জানতে চাইছি সেটা হল তুমি কি এই ব্যাপারটার কোনো কারণ খুঁজে পাচ্ছ? কেন তোমার জামাইবাবু হঠাৎ সুইসাইড করলেন সে ব্যাপারে কোনো ধারণা আছে তোমার?"

"একেবারেই না! দেবুদা খুবই ভালো লোক ছিল।"

"ভালো লোক ছিলেন সে তো ভালো কথা, কিন্তু কাজটা তো ভালো করেননি, তাই না? সুইসাইড ইস এ কাইন্ড অফ ক্রাইম। একজন ভালো লোক দুম করে সেই ক্রাইমটা যে করে ফেললেন, তার পেছনে নিশ্চয়ই কোনো গুরুতর কারণ আছে।"

"তা আছে।"

"সেটাই আমি খুঁজে বার করার চেষ্টা করছি। তুমি কি ওনার কোনো রিসেন্ট সমস্যার ব্যাপারে কিছু জানো?"

"নাঃ। আমি যদ্দূর জানি দেবুদার জীবনে কোনো সমস্যা ছিল না। বরং খুবই আমুদে লোক ছিল। হাসি-ঠাট্টা করতো সব সময়। বেড়াতে যেতে ভালোবাসতো। যদিও বাবার অ্যাকসিডেন্টের পর থেকে আমরা কোথাও বেড়াতে যাইনি। তবে দেবুদা প্রায়ই বলতো কোথাও ঘুরতে যাবার ব্যাপারে।"

"উনি ঘুরতে যেতে ভালোবাসতেন?"

"খুব।"

"কিন্তু তোমার দিদি যে বললেন উনি ওনার পুরোনো চাকরিটা ছেড়েছিলেন কারণ ওনাকে অফিস থেকে ট্যুরে যেতে হতো বলে?"

"হ্যাঁ, সেটা ঠিক। অ্যাকচুয়ালি আমিও দেবুদাকে এই একই প্রশ্ন করেছিলাম যেদিন দেবুদা চাকরি ছাড়বে বললো। আসলে ওই অফিস ট্যুরগুলোতে বেড়ানো কিছু হতো না। উল্টে প্রচুর কাজ করতে হতো। এতটাই কাজের প্রেশার থাকত যে দেবুদা দিদিকেও কোনোদিন কোনও ট্যুরে সঙ্গে নিতে পারেনি। তাই ওগুলো দেবুদার আর ভালো লাগছিলো না।"

"হুম। কিন্তু চাকরি বদলেও দেবাশিসবাবুর বেড়াতে যাওয়া আর হয়ে ওঠেনি।"

"সেটা আসলে বাবার জন্য। বাবাকে রেখে তো একদিনের জন্যও কোথাও যাওয়া যাবে না। আর এই অবস্থায় বাবাকে নিয়ে যাওয়াও অসুবিধা।"

"তোমার বাবার ঠিক কি হয়েছে বলোতো?"

"অ্যাকসিডেন্ট। তিন বছর আগে বাবা-মা শান্তিনিকেতন গেছিল গাড়ী ভাড়া করে। বাবার এক বন্ধুর মেয়ের বিয়েতে। ফেরার পথে গাড়ীর অ্যাকসিডেন্ট হয়। হাইওয়েতে একটা লরি পেছন থেকে এসে ধাক্কা মারে বাবাদের গাড়ীকে। একদম উল্টে যায় গাড়ী।"

"এ বাবা! তারপর?"

"ড্রাইভার স্পটেই মারা যায়। বাবা-মাকে লোকজন হাসপাতালে নিয়ে গেছিল, কিন্তু মাকে বাঁচানো যায়নি।"

"আর তোমার বাবার এই অবস্থা?"

"না, বাবা ঠিক হয়ে যেত। বাবার চোট সবচেয়ে কম লেগেছিল। একটা হাত ভেঙেছিল আর মাথা ফেটেছিল। হাসপাতালে সেগুলোর ট্রিটমেন্টও হয়ে গেছিল। কিন্তু জ্ঞান ফেরার পর মা মরে গেছে শুনে বাবার একটা স্ট্রোক হয়। তাতে বাবা অনেকটা উইক হয়ে যায়। ফিজিক্যালি আর মেন্টালি –দুদিক থেকেই।"

"ভেরী স্যাড!"

"হ্যাঁ। তখনও বাবা হাঁটাচলা করত, যদিও দিদি বাবাকে কোনও কাজ করতে দিত না। তারপর দুবছর আগে আবার একটা বড়সড় স্ট্রোক হল, তাতেই ডান দিকটা পুরো প্যারালাইসিস হয়ে গেল। সেই থেকে বাবা বিছানায়।"

"আর সেই থেকে তোমরাও মোটামুটি ঘরবন্দী, তাই তো?"

"খানিকটা তাই। বিশেষ করে দিদি। আমার কলেজ আছে, দেবুদারও অফিস ছিল। কিন্তু দিদি সারাদিন ঘরেই থাকে। দেবুদা অবশ্য গত মাস দুয়েক ধরেই বলছিল বাবাকে নিয়েই কথাও একটা যদি ঘুরে আসা যায়। সে আর হল না!"

"কিন্তু কেন হল না সেটাই এখন সবচেয়ে বড় প্রশ্ন। কি এমন ঘটল যে উনি একদম সুইসাইড করে বসলেন?"

"আমি তো কিছুই ভেবে পাচ্ছি না।"

"আচ্ছা, কাল রাতের কথা বলো। কাল শুনলাম দেবাশিসবাবু অনেকটা রাত করে বাড়ী ফিরেছিলেন।"

"হ্যাঁ, অফিসে কাজের চাপ থাকলে ফিরতে দেরী হত। কালও সেরকম হয়েছিল। প্রায় সাড়ে এগারোটা নাগাদ ফিরেছিল।"

"তুমি তখন জেগে ছিলে?"

"হ্যাঁ, আমিই তো দরজা খুলে দিলাম।"

"তারপর? ওনার কথাবার্তা, আচার-আচরণ সব স্বাভাবিক ছিল?"

"অস্বাভাবিক কিছু তো আমি দেখিনি। যদিও বেশী কিছু কথা হয়নি কাল।"

"কি কথা হয়েছিল?"

"জাস্ট ক্যাজুয়াল দু-চারটে কথা। সারাদিন কেমন গেল, ডিনারে কি খেয়েছে – এইসব।"

"ও হ্যাঁ, উনি তো বাইরে থেকে খেয়ে ফিরেছিলেন। তোমার দিদিও তাই বললেন। তা, কি খেয়েছিলেন কাল রাতে?"

“রুতি-তরকা আর ওমলেট। বাইরে ডিনার করলে দেবুদা জেনারেলি ওটাই খেত। ওর আফিসের সামনে একটা দোকানে খুব ভালো তরকা বানায়, ওখান থেকেই খেত। কালও তাই খেয়েছিল।”

“ওনার মেজাজ কেমন ছিল কাল রাতে?”

“ঠিকঠাক। বেশ ক্লান্ত ছিল, অফিসে সারাদিন খুব খাটাখাটনি হয়েছিল বলে। বাড়ী ফিরেও কাজ ছিল। তাই আমাকে কফি বানিয়ে দিতে বলল।”

“রাতে উনি কফি খেয়েছিলেন?”

“হ্যাঁ। বাইরে থেকে ডিনার করে ফিরলে রাতে দেবুদা সাধারণত এক কাপ কফি খায়। কাল আমাকে বলল - আরও ঘন্টাখানেক কাজ করতে হবে, কফি বানিয়ে দে।”

“তুমি কফি বানিয়ে দিয়েছিলে? না তোমার দিদি?”

“আমিই বানিয়ে দিয়েছিলাম। একটু বেশী কড়া হয়ে গেছিল। তাতে দেবুদা বেশ অসন্তুষ্ট হয়েছিল। অনেকটা বেশী চিনি মেশাতে হয়েছিল।”

“উনি কড়া কফি পছন্দ করতেন না?”

“না। বেশী কড়া পছন্দ করত না। কফির ব্যাপারে দেবুদা খুব শৌখিন ছিল। বেশী গরম চলবে না, ঠাণ্ডাও চলবে না। দুধ-কফি-চিনি সবকিছুর মাপ ঠিকঠাক হতে হবে। গুঁড়ো দুধ, গুঁড়ো চিনি – এগুলো শুধু দেবুদার কফির জন্যই কেনা হত। বড় দানার চিনি কফিতে সহজে গোলে না, অনেক সময় কফি শেষ হবার পরে তলায় খানিকটা চিনি পড়ে থাকে, সেটা দেবুদা একদম পছন্দ করত না। আবার বেশীক্ষণ ধরে গুললে কফি ঠাণ্ডা হয়ে যায়। তাই কফিতে গুঁড়ো চিনি খেত।”

“আর এমন একজন শৌখিন মানুষকে তুমি কড়া কফি বানিয়ে দিলে?”

“আমি ঠিকঠাক বানাতে পারি না। আসলে আমি বা দিদি কেউই খুব একটা কফির ভক্ত নই। আমরা চা খাই। তাই দেবুদার কফি আমি পারতপক্ষে বানাই না। হয় দিদি বানায়, নয়তো দেবুদা নিজেই বানায়। কাল দেবুদা ক্লান্ত ছিল, আর দিদিও ঘুমিয়ে পড়েছিল। তাই আমি বাধ্য হয়ে বানিয়েছিলাম।”

“এবং ঠিকমত বানাতে পারোনি।”

“নাঃ! কফি বেশী হয়ে গেছিল। দেবুদা আমাকে খানিক ঝাড়ল, তারপর অনেকটা চিনি মিশিয়ে ওটা নিয়েই কাজে বসে গেল।”

“কতক্ষণ কাজ করেছিলেন উনি কাল রাতে?”

"সেটা ঠিক জানি না। আমি আসলে কিছুক্ষণের মধ্যেই ঘুমিয়ে পড়েছিলাম।"

"হুম। তাহলে তোমার দেবুদার সুইসাইডের পেছনে কোনও কারণ তুমি দেখতে পাচ্ছ না, তাই তো?"

"নাঃ। সবই তো ঠিকঠাক চলছিল।"

"কিছু একটা নিশ্চয়ই ঠিকঠাক চলছিল না। সেটাই কারণ। যাই হোক, থ্যাঙ্ক ইউ ফর ইওর হেল্প। বাই দা ওয়ে, ডাক্তার পালের চেম্বারটা ঠিক কথায় বলো তো? এই পাড়াতেই কি?"

"হ্যাঁ। ওই তো, আমাদের বাড়ীর গলি থেকে বেরিয়ে ডান দিকে চারটে বাড়ী পেরিয়ে আরেকটা গলি আছে, সেটা দিয়ে ঢুকে বাঁদিকে দুনম্বর বাড়ী। দরজায় নেম প্লেট আছে।"

# 3

### ডাক্তার পাল

"দুম করে কিছু না জানিয়ে আপনার বাড়ীতে হানা দিলাম বলে কিছু মনে করবেন না ডাক্তারবাবু।"

"ইট্‌স্ অল রাইট। আমি এক্সপেক্ট করছিলাম যে পুলিস আমার সঙ্গে কথা বলতে আসবে।"

"আসলে ভাবলাম এদিকে যখন এসেইছি, আপনার সঙ্গে কথা বলেই যাই। আমি বেশী সময় নেব না।"

"কোনও প্রবলেম নেই। বলুন।"

"তেমন কিছু বলার নেই। দেবাশিসবাবুদের ব্যাপারে দু-চারটে কথা জানার ছিল শুধু।"

"কি কথা?"

"আপনিই তো প্রথম বডি পরীক্ষা করেছিলেন। কি বুঝলেন?"

"স্লিপিং পিল ওভারডোজ। কড়া ঘুমের ওষুধ এক মুঠো খেয়ে নিয়েছিল।"

"হুম। টাইম?"

"মাঝরাত নাগাদ। অ্যাপ্রক্সিমেটলি আড়াইটে-তিনটে।"

"কেন হল বলুন তো এমনটা?"

"নো আইডিয়া!"

"অকারণে তো কেউ সুইসাইড করে না। একটা কিছু কারণ তো থাকবেই। মানসিক, শারীরিক বা অন্য কিছু।"

"সে তো বটেই।"

"আপনি তো বোধহয় অনেকদিন ধরেই ওই বাড়ীর ফ্যামিলি ডাক্তার।"

"হ্যাঁ, প্রায় বছর পনেরো।"

"দেবাশিসবাবুর এমন কোনও শারীরিক সমস্যা ছিল কি, যেটা থেকে ডিপ্রেশান বা সুইসাইডের চিন্তা মাথায় আসতে পারে?"

"আমার তো তেমন কিছু জানা নেই। বরং উল্টোটাই। ওর জেনারেল হেল্‌থ্ খুবই ভালো ছিল। গত চার বছরে ও নিজের জন্য মোটে একবার আমার কাছে এসেছিল। ভাইরাল ফিভার হয়েছিল গত বছর, তখন।"

"আর তার আগে?"

"তার আগে তো আমি ওকে দেখিনি।"

"এই যে বললেন আপনি প্রায় পনেরো বছর ওই বাড়ীর ফ্যামিলি ডাক্তার?"

"আজ্ঞে হ্যাঁ। আর দেবাশিস ওই বাড়ীর মেম্বার গত চার বছর।"

"মানে?"

"মানে ওটা দেবাশিসের শ্বশুরবাড়ী।"

"শ্বশুরবাড়ী? মানে, দেবাশিসবাবু ঘরজামাই থাকতেন?"

"ইয়েস স্যার।"

"আই সি! ওনার নিজের বাড়ী কোথায়? জানেন আপনি?"

"ওর পৈত্রিক বাড়ী নর্থ বেঙ্গল। শিলিগুড়িতে। তবে শুনেছি ও অনেক বছর বাড়ীছাড়া। সাউথ ইন্ডিয়ায় কোথায় যেন কলেজে পড়ত। তারপর কলকাতায় এসে ভাড়াবাড়ীতে থেকে চাকরি করত।"

"আর তারপর বিয়ে করে ঘরজামাই হয়ে গেলেন?"

"হ্যাঁ। এখানে তো ওর কোনও পার্সোনাল থাকার জায়গা ছিল না। বিয়ের পর অমরেশদা ওকে ওবাড়ীতেই থাকার অফার দিয়েছিল। ও আপত্তি করেনি।"

"অমরেশদা মানে, ওনার শ্বশুর?"

"হ্যাঁ।"

"আচ্ছা, এই ঘরজামাই থাকাটা ওনার সুইসাইড করার কারণ হতে পারে কি?"

"কেন?"

"ডিপ্রেশান। হয়তো মুখে কিছু বলতে পারেননি, কিন্তু ভেতরে ভেতরে চাপে ছিলেন। বেশীরভাগ পুরুষই তো ঘরজামাই থাকাটাকে চরম লজ্জার ব্যাপার বলে মনে করে।"

"আমার তা মনে হয় না। গত চার বছরে দেবাশিসকে দেখে কখনোই মনে হয়নি ঘরজামাই থাকতে হচ্ছে বলে ওর কোনও সমস্যা হচ্ছে। বউ-শ্বশুর-শাশুড়ি-শালী সবার সঙ্গে দিব্যি ছিল। অমরেশদা আমাকে বেশ কয়েকবার বলেছে – ও আমার ছেলের মত। জামাই বলে মনেই হয় না।"

"হুম। শ্বশুর নিজের মুখে জামাইকে এই সার্টিফিকেট দিচ্ছে মানে সম্পর্ক সত্যিই ভালো ছিল।"

"সেটাই। আর ভেবে দেখুন না, এতে তো দুজনেরই লাভ। দেবাশিসকেও বাড়ীভাড়া বা ফ্ল্যাটের ই এম আই গুনতে হচ্ছে না, অমরেশদাও দু-মেয়ের বাপ হয়ে বাড়ীতে একটা জোয়ান ছেলে পেয়ে গেল। অমরেশদার অ্যাকসিডেন্টটা হবার পর যত ডাক্তার-বদ্যি, ছোটাছুটি – সব তো ওই করেছিল।"

"হুম। এটাও আরেকটা প্রমাণ যে ওনাদের সম্পর্ক ভালো ছিল।"

"এগ্‌জ্যাক্টিল।"

"তার মানে এই ঘরজামাই-এর অ্যাঙ্গেলটা দাঁড়াচ্ছে না। আর শারীরিক সমস্যা ওনার কিছু ছিল না, সেটাও তো আপনি বললেন।"

"ওই যে বললাম, আমার কাছে একবারই এসেছিল, ভাইরাল ফিভার নিয়ে। আমি বেসিক চেক আপ করে তো গোলমাল কিছু পাইনি। অন্য কোনও গুপ্ত রোগ থাকলে অবশ্য আলাদা কথা। অথবা যদি রিসেন্টলি লাস্ট এক বছরে কিছু হয়ে থাকে। তবে তেমন সিরিয়াস কিছু হয়ে থাকলে অ্যাট লিস্ট দিয়া জানত।"

"ঠিক। পুরোটা না জানলেও কিছু আঁচ তো নিশ্চয়ই পেতেন। কিন্তু উনিও কোনও ক্লু পাচ্ছেন না। ওনার বোনও না। আর অমরেশবাবুর যা অবস্থা দেখলাম, উনি তো কিছু বলতে পারবেন বলে মনে হল না।"

"নাঃ। অমরেশদার জিভটা পুরোটাই প্যারালাইজড। কিছুই বলতে পারে না। ভেরি স্যাড কেস। গ্র্যাজুয়ালি ডিটোরিয়েটিং।"

"ডিটোরিয়েটিং?"

"হ্যাঁ। হার্ট তো উইক হয়েই গেছে, আরও নানা প্রবলেম দেখা দিচ্ছে। হাই প্রেশার আগে থেকেই ছিল। রাতে ঠিকমতো ঘুমোতেও পারছে না। এই সবের ওপর আবার জামাই-এর সুইসাইড। এবার আরেকটা স্ট্রোক না হয়ে যায়। হলে সামলাতে পারবে না।"

"রাতে ঘুমোতে পারছেন না? উনি রাতে ঘুমের ওষুধ খান না?"

"হ্যাঁ। রোজ রাতে একটা করে ট্যাবলেট। আমিই প্রেস্ক্রাইব করেছি। তবে তাতে বোধহয় কাজ হচ্ছে না। মাসখানেক হল মাঝে মাঝেই নাকি মাঝরাতে ঘুম ভেঙ্গে যাচ্ছে।"

"তার মানে ঘুমের ওষুধের ডোজ বাড়াতে হবে?"

"তাই তো মনে হচ্ছে। দেখি, এসব ঝামেলা মিটুক, তারপর দেখব।"

# 4

### দীনেশ ধর

"আপনার নাম দীনেশ ধর?"

"হ্যাঁ স্যার।"

"দেবাশিস চৌধুরীর সুইসাইড কেস নিয়ে আপনিই আমার সঙ্গে একান্তে কথা বলতে চান?"

"হ্যাঁ স্যার।"

"বসুন।"

"থ্যাঙ্ক ইউ স্যার।"

"সব কথার শেষে স্যার লাগানোর দরকার নেই।"

"ওকে স্যার।"

"বলুন কি বলতে চান।"

"আমি স্যার, দেবাশিসের কলিগ। আমরা একই ডিপার্টমেন্টে একসাথে কাজ করি। আমি ওর চেয়ে এক বছরের সিনিয়র।"

"ভালো কথা।"

"আসলে স্যার, আমি আপনার কাছে একটা রিকোয়েস্ট নিয়ে এসেছি।"

"কি রিকোয়েস্ট?"

"দেবাশিসের ঘর থেকে যা যা জিনিস পাওয়া গেছে সেগুলো সবই শুনলাম পুলিসের কাছে আছে।"

"একদম ঠিক শুনেছেন।"

"আর আপনি স্যার সেগুলোর ইনচার্জ। তাই তো?"

"আমি এই কেসটা দেখছি। আর জিনিসগুলো আমার কাছেই আছে। কেন?"

"ওই জিনিসগুলোর মধ্যে একটা জিনিস আছে স্যার, যেটা আমার দরকার।"

"দরকার মানে?"

"দরকার মানে খুব দরকার স্যার। ওটা না পেলে আমার চাকরি যাবে!"

"আপনি একটা সুইসাইড কেসে ভিকটিমের ঘর থেকে পুলিসের বাজেয়াপ্ত করা জিনিস চাইতে এসেছেন?"

"হ্যাঁ স্যার।"

"সেটা না পেলে আবার আপনার চাকরিও যাবে?"

"হ্যাঁ স্যার।"

"ঝেড়ে কাশুন তো। কি জিনিস?"

"জিনিসটা স্যার, একটা হার্ড ডিস্ক।"

"হার্ড ডিস্ক? হ্যাঁ, হার্ড ডিস্ক একটা দেখেছিলাম বটে দেবাশিসবাবুর কম্পিউটার টেবিলে। যদ্দুর মনে পড়ছে, সেটার গায়ে আপনাদের অফিসের নাম লেখা স্টিকারও সাঁটা ছিল।"

"ওটাই স্যার, ওটাই। ওটাই আমার দরকার।"

"ওটা না পেলেই আপনার চাকরি যাবে?"

"হ্যাঁ স্যার।"

"কেন?"

"আসলে, আপনার কাছে আর লুকিয়ে লাভ নেই স্যার, ওটা একটু বেআইনি ভাবে দেবাশিসের কাছে গেছে।"

"মানে?"

"মানে স্যার, ওটায় আমাদের কোম্পানির ফিনান্সিয়াল ডাটা আছে। ওটা আমাদের অফিসের কম্পিউটারে লাগানো থাকে, ওখানেই আমরা কাজ করি। কাল রাতে অনেকটা কাজ ডিউ হয়ে গেছিল বলে দেবাশিস বলল – আমি হার্ড ডিস্কটা খুলে বাড়ী নিয়ে যাই। রাতে কাজ শেষ করে সকাল সকাল আবার নিয়ে চলে আসব। কেউ জানতে পারবে না। তো আজ দেখি বেলা বেড়ে যাচ্ছে, ওর পাত্তা নেই। শেষে ওর মোবাইলে ফোন করে শুনি ও সুইসাইড করেছে। সেই থেকে তো আমার অবস্থা খারাপ! ওর বাড়ী গেছিলাম, ওর বউ বলল ওর সব জিনিস নাকি পুলিস নিয়ে গেছে। তাই সোজা এখানে এসেছি স্যার।"

"ওই হার্ড ডিস্ক বাড়ী নিয়ে যাওয়াটা বেআইনি?"

"হ্যাঁ স্যার। বললাম না, ওটায় কোম্পানির ফিনান্সিয়াল ডাটা আছে। ফিনান্সিয়াল ডাটা অফিসের বাইরে নিয়ে যাওয়া কোম্পানির পলিসি-বিরুদ্ধ কাজ।"

"ও। তো সেই পলিসি-বিরুদ্ধ কাজ তো দেবাশিসবাবু করেছেন। চাকরি গেলে ওনার যাবে। আপনার সমস্যা কোথায়?"

"না স্যার, ওই হার্ড ডিস্কটা আমার রেস্পন্সিবিলিটি। দেবাশিস তো আমার জুনিয়র। আমি পারমিশন দিয়েছি বলেই ও ওটা বাড়ী নিয়ে যেতে পেরেছে।"

"তার মানে পলিসি-বিরুদ্ধ জেনেও আপনি পারমিশন দিয়েছেন?"

"ভুল করেছি স্যার, মস্ত ভুল করেছি! এই নাক-কান মুলছি, আর জীবনে কোনোদিন এমন ভুল করব না!"

"বেছে বেছে ভুলটাও এমন দিনেই করলেন যেদিন দেবাসিশবাবু সুইসাইড করবেন, অ্যাঁ?"

"কিকরে জানব বলুন স্যার? আগেও কয়েকবার ও ওই হার্ড ডিস্ক বাড়ীতে নিয়ে গেছিল। পরের দিন ঠিকঠাক এনে অফিসের কম্পিউটারে লাগিয়েও দিয়েছে। কেউ জানতে পারেনি, কাজও হয়ে গেছে। এবার যে এমন ভাবে ফেঁসে যাব কে জানত!"

"ও, তার মানে আপনি এই পলিসি-বিরুদ্ধ কাজ হামেশাই করে থাকেন। চমৎকার!"

"আর কোনোদিন করব না স্যার। এখন আপনি যদি আমার রিকোয়েস্টটা রাখেন, তাহলে আমার চাকরিটা বাঁচে!"

"কি রিকোয়েস্ট? হার্ড ডিস্কটা আপনাকে দিয়ে দেওয়া?"

"হ্যাঁ স্যার।"

"সেটা তো সম্ভব নয় দিনেশবাবু। এই কেসটা ক্লোজ না হওয়া পর্যন্ত দেবাশিসবাবুর সব জিনিস আমাদের কাছেই থাকবে। এটা আমাদের পলিসি। আর আমার তো আপনার মত বুকের পাটা নেই যে দুমদাম পলিসি-বিরুদ্ধ কাজ করব।"

"ছি ছি স্যার, এ কি বলছেন! আপনি পলিসি-বিরুদ্ধ কাজ কেন করবেন? আমি বলছি আপনি ওই হার্ড ডিস্কটা চেক করে নিন, তারপর আমাকে দিন। ওটায় শুধু আমাদের কোম্পানির ডাটা আছে, আর কিছু নেই। দেবাশিসের সুইসাইডের সঙ্গে ওটার তো কোনও সম্পর্ক নেই, তাই বলছিলাম আর কি।"

"সম্পর্ক নেই কেন বলছেন? থাকতেও তো পারে।"

"থাকতে পারে? কি সম্পর্ক স্যার?"

"এই যে নর্মাল অফিস টাইমের বাইরেও দেবাশিসবাবুকে কাজ করতে হত, বেআইনি ভাবে অফিসের হার্ড ডিস্ক খুলে বাড়ী নিয়ে যেতে হত কাজ শেষ করার জন্য, এতে নিশ্চয়ই ওনার পার্সোনাল লাইফে সমস্যা হচ্ছিল। সেই সমস্যা থেকে ডিপ্রেশন, আর ডিপ্রেশন থেকে সুইসাইড। একদম ডাইরেক্ট সম্পর্ক।"

"অ্যাঁ!"

"আর আপনি ওনার সিনিয়র হয়ে ওনাকে দিয়ে এভাবে অতিরিক্ত কাজ করিয়েছেন। তার মানে আপনার জন্যই বেসিক্যালি উনি সুইসাইডটা করেছেন। আপনিই প্রাইম সাসপেক্ট।"

"অ্যাঁ!!"

"এই হার্ড ডিস্কটাই আপনার বিরুদ্ধে সবচেয়ে বড় প্রমাণ। এটা দিয়েই আপনার ওপর আত্মহত্যার প্ররোচনার চার্জ লাগানো যায়।"

"ওরে বাবা!"

"কি হল, ঘামছেন কেন?"

"বুকের ভেতরতা কেমন একটা করছে স্যার!"

"হার্ট অ্যাটাক হচ্ছে নাকি? সরবিট্রেট খাবেন?"

"অ্যাঁ? না না।"

"তাহলে জল খান। আর কান খুলে আমার কথা শুনুন।"

"বলুন স্যার।"

"আপনার এই রিকোয়েস্ট আমি রাখতে পারব না। যতদিন না এই কেস ক্লোজ হচ্ছে, দেবাশিসবাবুর কোনও জিনিস কাউকে দেওয়া যাবে না। আপনার হার্ড ডিস্কটাও আমাদের কাছেই থাকবে।"

"ওঃ! তাহলে স্যার আমার চাকরির কি হবে? আমার ছোট মেয়ে আছে। তাকে পড়াতে হবে, বিয়ে দিতে হবে!"

"সেটা পলিসি-বিরুদ্ধ কাজ করার আগে ভাবা উচিৎ ছিল আপনার।"

"বড্ড ভুল করে ফেলেছি স্যার।"

"সে তো বটেই।"

"বস জানতে পারলে আজই আমাকে স্যাক করবে! কি করব এখন স্যার?"

"কি আর করবেন। মেয়ের লেখাপড়া বন্ধ করে বাড়ীতে বসিয়ে সংসারের কাজ শেখান, পয়সা বাঁচবে। তারপর মেয়ের আঠেরো বছর হলে বিয়ে দিয়ে দেবেন। আর পাত্রের যদি অল্পবিস্তর দোষটোষ থাকে, বা যদি দোজবরে বিয়ে দিতে পারেন তো আরও ভালো। কম খরচে মিটে যাবে।"

"অ্যাঁ! কি বলছেন স্যার!!"

"আরে, আপনি আবার ঘামতে শুরু করলেন? রসিকতা করছিলাম। জল খান আরেকটু।"

"হ্যাঁ স্যার।"

"আপনাকে দেখে আমার মনে হচ্ছে আপনি সত্যি কথাই বলছেন। আমি আপনাকে একটা আইডিয়া দিতে পারি, যাতে আপনার চাকরি হয়তো বেঁচে যাবে।"

"কি আইডিয়া স্যার?"

"এই যে হার্ড ডিস্কটা দেবাশিসবাবু কাল বাড়ী নিয়ে গেছিলেন, বা আগেও যে কয়েকবার নিয়ে গেছিলেন, সেটা আপনি ছাড়া অফিসের আর কেউ জানে?"

"কেউ না স্যার। কাক-পক্ষীও টের পায়নি কোনোদিন।"

"গুড। তাহলে আপনিও ব্যাপারটা জানেন না।"

"মানে?"

"মানে বুঝতে পারছেন না? গোটা ব্যাপারটা চেপে যান। আফিসে যখন ব্যাপারটা জানাজানি হবে, তখন আপনি বলবেন যে আপনি এর কিছুই জানেন না। তাহলে সবাই এটাই বুঝবে যে দেবাশিসবাবু আপনাকে না জানিয়ে লুকিয়ে হার্ড ডিস্কটা বাড়ীতে নিয়ে গেছিলেন। ওনার তো আর শাস্তি হবে না, আপনিও বেঁচে যাবেন।"

"আরে হ্যাঁ। তাই তো। এমনটা তো করা যায়।"

"করা যায়, কিন্তু সাবধানে করবেন। মিথ্যে কথা বলা খুব সহজ কাজ নয়। ধরা পড়ে গেলে কিন্তু বিপদ বাড়বে। তখন শুধু চাকরি যাওয়া নয়, জেলও হতে পারে।"

"অ্যাঁ!"

"হ্যাঁ। আগে ঠাণ্ডা মাথায় ব্যাপারটা সাজিয়ে নিন, কাকে কি বলবেন। তারপর অ্যাকটিং শুরু করবেন।"

"ঠিক বলেছেন স্যার। অনেক ধন্যবাদ আপনাকে। আপনি আমার বিশাল উপকার করলেন।"

"হুম। তা এই উপকারের বিনিময়ে আপনি এবার আমাকে কিছু ইনফরমেশন দিন।"

"নিশ্চয়ই স্যার। কি ইনফরমেশন বলুন।"

"দেবাশিসবাবু লোক কেমন ছিলেন?"

"লোক তো ভালোই ছিল স্যার। সিন্সিয়ার, হার্ড ওয়ার্কিং। ভালো কাজ করত।"

"অফিসের লোকজনের সঙ্গে সম্পর্ক কেমন ছিল ওনার?"

"ভালোই সম্পর্ক ছিল স্যার। কারোর সঙ্গে কোনও ঝামেলা বা ঝগড়াঝাঁটি ছিল না। আমার তো বেশ ভালো বন্ধু ছিল।"

"বাঃ। তাহলে তো আপনার জানার কথা ওনার অন্য কোনও সমস্যা ছিল কিনা।"

"তেমন তো কিছু জানি না স্যার। ও কখনও কোনও সমস্যার কথা বলেওনি।"

"সেটাই স্বাভাবিক। কিন্তু আপনি কি কিছু লক্ষ্য করেছিলেন?"

"কি স্যার?"

"রিসেন্টলি ওনার মধ্যে কোনও পরিবর্তন? কোনোরকম সন্দেহজনক কিছু?"

"না স্যার। তেমন কিছু তো মনে পড়ছে না।"

"হুম। ওনার ফ্যামিলি লাইফ কেমন ছিল সে ব্যাপারে কিছু জানেন? বিশেষকরে ওনার স্ত্রীর সঙ্গে ওনার সম্পর্ক কেমন ছিল?"

"আমি যদ্দুর জানি স্যার, সম্পর্ক ভালোই ছিল। যদিও এটা নিয়ে আলাদা করে কখনও কথা হয়নি ওর সঙ্গে।"

"অফিস চলাকালীন ওনার স্ত্রীর ফোন-টোন আসত?"

"হ্যাঁ, সে আসত মাঝেমধ্যে। ওর স্ত্রীর সঙ্গে তো আমার আলাপও ছিল। আরও বেশী আলাপ ছিল ওর শ্যালিকার সঙ্গে।"

"তাই নাকি?"

"হ্যাঁ স্যার। রিয়া। আমাদের অফিসের কাছেই মেয়েটা টিউশন পড়তে আসে। ওর টিউশন শেষ হয় আমাদের অফিস ছুটির আধঘন্টা আগে। মাঝেসাঝে ও টিউশন শেষ করে অফিসে চলে আসত। অফিস ছুটির পর দুজনে বাড়ী ফিরত একসঙ্গে।"

"হুম। তা ভালো। আচ্ছা, পয়সাকড়ি সংক্রান্ত দেবাশিসবাবুর কোনও সমস্যা ছিল কিনা জানেন? অফিসে কোনও ধার-দেনা?"

"না স্যার, তেমন কিছু জানি না। তবে ধার-দেনা থাকার কথা নয়। দেবাশিস মাইনে তো ভালোই পেত। আর বেহিসেবীও ছিল না।"

"তার মানে ওনার সুইসাইড করার মত কোনও কারণই খুঁজে পাওয়া যাচ্ছে না।"

"আমি তো খুঁজে পাচ্ছিনা স্যার। তবে একটা ব্যাপার। ওই যে আপনি জিগ্যেস করলেন, অফিসে ওর স্ত্রীর ফোন আসত কিনা, সেটা থেকে মনে পড়ল।"

"কি?"

"ব্যাপারটা হয়ত জরুরী কিছু না। রিসেন্টও না।"

"কি ব্যাপার?"

"একজন মহিলার ফোন আসত দেবাশিসের কাছে। সেই ফোনটা এলে ও খুব বিরক্ত হত।"

"বিরক্ত হতেন? কেন?"

"কেন সেটা জানিনা স্যার। আমি তো ওদের কথাবার্তা কোনোদিন শুনিনি, আর দেবাশিসও এই ব্যাপারে আমাকে কখনও কিছু বলেনি। তবে ওর হাবভাব দেখে মনে হত যে ও ওই মহিলার সঙ্গে কথা বলতে চায় না।"

"আপনি কোনোদিন ওদের কথাবার্তা শোনেননি?"

"না স্যার। ওই ফোনটা এলে দেবাশিস উঠে তফাতে চলে যেত।"

"তাহলে আপনি জানলেন কিকরে ওটা কোনও মহিলার ফোন?"

"আসলে স্যার, একবার ওই ফোনটা যখন এসেছিল তখন দেবাশিসের মোবাইলটা টেবিলে রাখা ছিল। আর আমি ওর পাশেই বসেছিলাম। তখন নাম দেখেছিলাম, রেখা-অফিস।"

"রেখা-অফিস? আপনাদের অফিসে রেখা নামে কেউ কাজ করে?"

"না স্যার, আমাদের অফিসে কেউ নেই ওই নামে। মনে হয় ওটা দেবাশিসের আগের অফিসের কেউ।"

"হুম। আগের অফিসের কলিগের সঙ্গে সমস্যা ছিল বলছেন?"

"হতে পারে স্যার, আবার নাও হতে পারে। তবে এটা পুরনো ঘটনা। প্রায় এক বছর হল ওই ফোন আর আসেনা।"

# 5

*রেখা সেন*

"এখানে এসে আমাকে সময় দেবার জন্য ধন্যবাদ ম্যাডাম।"

"ইটস ওকে। কিন্তু আমি কিছুই বুঝতে পারছি না আমাকে কেন থানায় ডাকা হল।"

"আসলে প্রথমে ভেবেছিলাম আমিই আপনার বাড়ী যাব। তারপর মনে হল বলা নেই কওয়া নেই দুম করে আপনার বাড়ীতে হানা দিয়ে আপনাকে জেরা করাটা ঠিক ভালো দেখায় না। তার চেয়ে থানাই ভালো। নিশ্চিন্তে কথা বলা যাবে।"

"সে ঠিক আছে। কিন্তু কি ব্যাপারে জেরা? আপনি তো ফোনেও কিছু খুলে বললেন না। শুধু বললেন একটা জরুরী কেস-এর ব্যাপার।"

"জরুরী কেস তো বটেই। সুইসাইড কেস।"

"সুইসাইড? কার সুইসাইড?"

"দেবাশিস চৌধুরী।"

"দেবাশিস? ওঃ! দেবাশিস সুইসাইড করেছে?"

"তিন দিন আগে। আপনি জানতেন না?"

"না। আমি কিভাবে জানব?"

"দেবাশিসবাবুর সঙ্গে আপনার যোগাযোগ ছিল না?"

"না।"

"কথাটা কি সত্যি ম্যাডাম? সত্যিই যোগাযোগ ছিল না?"

"কি মুস্কিল! দেবাশিস আমাদের অফিস ছেড়েছে প্রায় দেড় বছর আগে। শুধুমুধু একজন এক্স কলিগের সঙ্গে আমার কেন যোগাযোগ থাকবে?"

"কিন্তু আমাদের ইনফরমেশন যে অন্য কথা বলছে।"

"মানে?"

"মানে দেবাশিসবাবুর মোবাইলের কল হিস্ট্রি বলছে উনি আপনাদের অফিস ছাড়ার পরেও আপনার সঙ্গে ওনার যোগাযোগ ছিল। আর আপনার অফিসে খোঁজ নিয়ে আমরা যেটুকু জানতে পেরেছি, তাতে আমার মনে হয় না আপনারা শুধুমাত্র একে অপরের কলিগ ছিলেন।"

"আপনি কি আমাকে দেবাশিসের সুইসাইডের সঙ্গে কোনোভাবে জড়াতে চাইছেন?"

"একেবারেই না। আমি চাইছি আপনার সঙ্গে একটা খোলাখুলি কথোপকথন।"

"মানে?"

"প্রথমে আমি খুলে বলি। দেবাশিসবাবুর সুইসাইড কেসটা আমি দেখছি। আর আমার কেন যেন মনে হচ্ছে ব্যাপারটায় একটু ভ্যাজাল আছে। সুইসাইডটা ঠিক স্বাভাবিক ঠেকছে না। তাই কেসটা ক্লোজ করার আগে আমি ওনার সম্বন্ধে একটু খোঁজখবর করছিলাম। সেই সূত্রেই আপনার কথা জানতে পেরেছি। আপনাকে কোনোভাবে হ্যারাস করার কোনও ইচ্ছে আমার নেই। আমি শুধু আপনার সাহায্য চাইছি। আমি বুঝতে পারছি যে গত এক বছর দেবাশিসবাবুর সঙ্গে আপনার কোনও যোগাযোগ নেই। কিন্তু এক বছর আগের কথা যদি আপনি বলতে রাজী থাকেন, তাহলে সেটা হয়তো এই কেসে কাজে লাগতে পারে।"

"আপনি আমাদের সম্পর্কের ব্যাপারে জানতে চাইছেন?"

"হ্যাঁ, যদি আপনার আপত্তি না থাকে।"

"নাঃ, আপত্তি কেন থাকবে? আমি তো কোনও অন্যায় করিনি, কাউকে ঠকাইওনি।"

"বাঃ! তাহলে বলে ফেলুন।"

"দেবাশিসের সঙ্গে আমার প্রেম ছিল। যদিও এখন জানি যে প্রেমটা একতরফাই ছিল। ও কোনদিনও আমাকে ভালোবাসেনি, শুধু ইউজ করেছে। কিন্তু আমি ওকে ভালোবাসতাম। বিয়ে করতে চেয়েছিলাম।"

"আর উনি আপনাকে প্রত্যাখ্যান করে দিয়া মল্লিককে বিয়ে করলেন? তাতেই আপনাদের সম্পর্ক ছিন্ন হয়ে গেল?"

"ব্যাপারটা ঠিক ততটা সোজা নয়। আমাদের সম্পর্ক তৈরী হয়েছিল ওর বিয়ের পর।"

"মানে?"

"প্রথম যখন অফিসে আমাদের পরিচয় হয়, তখন দেবাশিস ব্যাচেলর। আমাদের বয়স এক, মানসিকতাও বেশ মিলত। তাই বেশ তাড়াতাড়ি বন্ধুত্ব হয়ে গেছিল। অস্বীকার করব না, তখন থেকেই ওর প্রতি আমার খানিকটা দুর্বলতা ছিল। কিন্তু ও কখনও আমাকে প্রেমের প্রস্তাব দেয়নি, বা হাবেভাবেও কিছু প্রকাশ করেনি। বরাবর বন্ধুই ছিলাম আমরা। তারপর ওর বিয়ে হল। আমিও আমার দুর্বলতা ঝেড়ে ফেললাম। বন্ধুত্বটাই রয়ে গেল। সেটা থাকলেই ভালো হত।"

"থাকল না কেন?"

"কপাল! বিয়ের কয়েক মাস পর থেকে আমার মনে হত দেবাশিস ওর ম্যারেড লাইফে সুখী নয়। বেশিরভাগ সময় ওর মেজাজ খারাপ থাকত। বউ বা বাড়ীর কথা জানতে চাইলে এড়িয়ে যেত। আমি খুঁচিয়ে খুঁচিয়ে প্রশ্ন করতাম। প্রথম প্রথম কিছু বলতে চাইত না। পরে স্বীকার করেছিল এই বিয়েতে ও সুখী নয়। বউএর সঙ্গে ওর নাকি ঠিকঠাক সম্পর্কই তৈরী হচ্ছে না।"

"সম্পর্ক বলতে, ফিজিক্যাল সম্পর্ক?"

"হ্যাঁ। আপনি হয়তো জানেন, বিয়ের পর ও বউএর বাড়ীতেই থাকত। সেখানে নাকি প্রাইভেসি খুব কম। তাছাড়া বউএর সঙ্গেও ওর মেন্টাল ওয়েভ লেন্থ মিলত না।"

"ও। আপনার সঙ্গে মিলত? ওয়েভ লেন্থ?"

"সে তো আগে থেকেই মিলত। বাড়ীর এই সব সমস্যার কথা ও শুধু আমাকেই বলত।"

"আর এখান থেকেই আপনাদের ঘনিষ্ঠতার সূত্রপাত?"

"বলতে পারেন। বললাম তো, ওর প্রতি একটা দুর্বলতা আমার আগে থেকেই ছিল। ওর বাড়ীর এই সমস্যা আমাদের আরও কাছাকাছি নিয়ে এল। বিশেষ করে ওর শ্বশুর-শাশুড়ির অ্যাক্সিডেন্টের পর।"

"দুবছর আগের সেই রোড অ্যাক্সিডেন্টের কথা বলছেন? যেটাতে দেবাশিসবাবুর শাশুড়ি মারা গেলেন আর শ্বশুরমশাই পার্মানেন্টলি বিছানা নিলেন?"

"হ্যাঁ। ওটার পর থেকে দেবাশিস আর ওর বউ রাতেও একসঙ্গে শুত না। ও রীতিমতো ফ্রাস্ট্রেটেড হয়ে গেছিল। তখনই ও আমার দিকে ঝুঁকে পড়ে।"

"ফিজিক্যালি?"

"তখন তো মনে হয়েছিল ফিজিক্যালি-মেন্টালি দুটোই। কিন্তু সেটা আমার মনের ভুল ছিল।"

"তারপর?"

"ও ওর বউকে ডিভোর্স দিয়ে আমাকে বিয়ে করবে, এমন কথাও হয়েছিল। অফিস ট্যুরের বাহানায় আমরা দুজন কয়েকবার এদিক ওদিক বেড়াতেও গেছিলাম। বিয়ের আগেই আমাদের হানিমুন হয়ে গেছিল বলতে পারেন।"

"তা, এমন সম্ভবনাময় সম্পর্কটা ভাঙল কিভাবে?"

"ওই যে বললাম। দেবাশিস কখনও আমাকে মন থেকে ভালোবাসেনি। বউএর কাছ থেকে যেটা পাচ্ছিলনা, সেটাই আমার কাছ থেকে আদায় করেছে, দুটো মিষ্টি কথা বলে। ও খুব ভালো জানত ওর প্রতি আমার ফিলিংস আছে। সেটাই ইউজ করেছিল। তারপর ছেড়ে দিল।"

"ছেড়ে দিলেন?"

"প্রথমে চাকরি ছাড়ল। আমার সঙ্গে রোজ দেখাসাক্ষাত বন্ধ হল। ফোনে কথা হত, সেখানেও সুর বদলাতে শুরু করল। তারপর একদিন সরাসরি বলে দিল যে আমার সঙ্গে আর সম্পর্ক রাখতে চায় না।"

"কিন্তু কেন? আপনি যা বললেন তাতে তো মনে হচ্ছে আপনাদের অ্যাফেয়ার দিব্যি চলছিল। হঠাৎ সেখান থেকে বেরিয়ে আসার কারণ কি? আপনি বিয়ের জন্য চাপাচাপি করছিলেন নাকি?"

"নাঃ। আমি ওকে বলেছিলাম যে আমি বিয়ে করতে প্রস্তুত, কিন্তু চাপাচাপি করিনি কোনোদিন। আমি জানি ডিভোর্স করে অন্য কাউকে বিয়ে করা লেংদি প্রসেস। মাঝে অনেক জল ঘোলাও হতে পারে। সেসবের জন্যও আমি মানসিকভাবে তৈরি ছিলাম।"

"তার মানে আরও কিছুদিন গোপনে অভিসার চালিয়ে যেতে আপনার আপত্তি ছিল না। তাই তো?"

"না।"

"তাহলে? দুম করে এমন ফলন্ত অ্যাফেয়ার ছেড়ে বেরোলেন কেন উনি? বউএর সঙ্গে সম্পর্ক ভালো হয়ে গেছিল?"

"আমারও প্রথমে তাই মনে হয়েছিল। কিন্তু পরে জেনেছি আসল কারণ। ও তখন নতুন অ্যাফেয়ারের স্বাদ পেয়েছে।"

"নতুন অ্যাফেয়ার?"

"হ্যাঁ। আর সেই অ্যাফেয়ার একদম হাউজহোল্ড অ্যাফেয়ার।"

"মানে?"

"মানে ওর শালী।"

"শালী?"

"ইয়েস স্যার। একদম কলেজে পড়া টাটকা ফুল! তার পাশে কি আর আমার মত পুরনো ফুলের গন্ধ ভালো লাগে?"

"আই সী।"

"সরি। ওই বাচ্চা মেয়েটা সম্পর্কে এই ভাষায় কথা বলাটা ঠিক হল না। আমি আসলে দেবাশিসের মানসিকতাটা বোঝাতে চাইছিলাম।"

"বুঝতে পেরেছি। কিন্তু আপনি জানলেন কিকরে যে দেবাশিসবাবু টাটকা ফুলের গন্ধ শুঁকছেন? উনি নিশ্চয়ই বলেননি আপনাকে?"

"ও কিছুই বলেনি। জাস্ট হাবিজাবি কথা বলে কাটিয়ে গেছে। আমিও ব্যাপারটা জানতে পেরেছি বেশ কিছুদিন পরে। আগে জানলে ওর বউকে এই কথাটাও শুনিয়ে আসতাম।"

"শুনিয়ে আসতেন মানে?"

"দেবাশিস যখন ফাইনালি জানিয়ে দিল যে ও আর আমার সঙ্গে সম্পর্ক রাখবে না, আমার মাথা সাঙ্ঘাতিক গরম হয়ে গেছিল। দু-তিন দিন ঠিকমতো খাওয়া-দাওয়া করতে পারিনি। আপনিই ভাবুন। ওই লোকের সঙ্গে পুরোপুরি বউএর মত সময় কাটিয়েছি। ওর অসাবধানতায় প্রেগনেন্ট হয়ে বাড়ীতে লুকিয়ে অ্যাবরশান পর্যন্ত করিয়েছি। সেই লোক যদি হঠাৎ একদিন সম্পর্ক ভেঙ্গে দেয়, কার মাথা ঠিক থাকে?"

"মাথা ঠিক না থাকাই স্বাভাবিক। তা গরম মাথায় কি করলেন? দেবাশিসবাবুর বউকে ফোন করে সব বলে দিলেন নাকি?"

"একদম। মনে হল, যে লোক আমাকে এভাবে ঠকাতে পারে, আমিই বা তাকে ছাড়ব কেন? তাছাড়া ওর বউএর ও জানা দরকার তার স্বামী কি জিনিস। ওর বউএর মোবাইল নম্বর আমার কাছে ছিল। করলাম ফোন। করে সব কথা বলে দিলাম। কিন্তু বলাই সার! লাভ কিছু হয়নি"

"মানে?"

"মহিলা আমার কথা শুনলই না ভালো করে। মাঝপথেই আমাকে থামিয়ে দিয়ে 'কি যা তা বলছেন, কিচ্ছু বিশ্বাস করি না' মার্কা কথাবার্তা বলে ফোন কেটে দিল। উল্টে সেটা নিয়ে দেবাশিসের সঙ্গে আবার এক প্রস্থ ঝাড়পিট হল আমার।"

"দেবাশিসবাবু জানতে পেরেছিলেন আপনার এই ফোন করার ঘটনাটা?"

"হ্যাঁ। ওর বউই বলেছিল ওকে। একদম সতীসাধ্বী বউ হলে যা হয়! সেটা নিয়ে ও আমাকে ফোন করে পুরো থ্রেট করল। ওর বউ নাকি আমার এসব বাজে গল্প কোনোদিন বিশ্বাস করবে না। ফারদার ওকে বা ওর বউকে ফোন করলে ও আমাকে দেখে নেবে। আমার বিরুদ্ধে লিগ্যাল অ্যাকশন নেবে। আরও কত কি।"

"ও বাবা।"

"হ্যাঁ। আর ওইসব বলে ও আমার মাথা আরও গরম করে দিল। এবার ভাবলাম, এর শেষ দেখেই ছাড়ব। তাই আর ফোন নয়। উইক ডে তে একদিন, যখন জানি ও অফিসে থাকবে, সোজা গিয়ে ঢুকলাম ওর বাড়ীতে। একদম ওর বউএর মুখোমুখি বসে শোনালাম সব কথা। একেবারে ডিটেলে।"

"তারপর?"

"তারপর আর কি? কিছুই না। মহিলা আমার সব কথা শুনল। শুনে থম মেরে বসে রইল। আর আমি উঠে চলে এলাম। তারপর আর কিছুই হল না। এক্সপেক্ট করেছিলাম দেবাশিস আবার আমাকে ফোন করে চ্যাঁচাবে, বা হয়ত এবার বাড়ীতে এসেই থ্রেট দেবে। সেসব কিছুই হল না। তার মানে দেবাশিসের কথাই ঠিক। মহিলা আমার একটা কথাও বিশ্বাস করেনি।"

"হুম।"

"ওটাই ওদের সঙ্গে আমার শেষ যোগাযোগ। প্রায় এক বছর আগে। এর পর এই আপনার মুখে শুনলাম যে দেবাশিস সুইসাইড করেছে।"

"আই সী।"

"আমার মনে হয়, এইসব এক্সট্রা ম্যারিটাল অ্যাফেয়ারের চক্করে পড়েই ও ফেঁসেছিল, আর সেখান থেকেই সুইসাইড। দেখুন হয়ত শালীর সঙ্গে অ্যাফেয়ারের ব্যাপারটা বউ জানতে পেরে গেছিল।"

"হতে পারে, যদিও ওনার সঙ্গে কথা বলে আমার তেমন কিছু মনে হয়নি। তবে হ্যাঁ, আপনাকে যেটা জিগ্যেস করছিলাম। শালীর সঙ্গে দেবাশিসবাবুর অ্যাফেয়ারের ব্যাপারটা আপনি জানলেন কিভাবে? আপনি তো বললেন যখন ওনার বউএর সঙ্গে মুখোমুখি কথা বলেছিলেন তখনও জানতেন না।"

"না। জানলে তো ওটাও বলে আসতাম। আমি ওটা জেনেছি মাসখানেক পরে। একদিন একটা কফিশপে দেবাশিস আর ওর শালীকে দেখে বুঝতে পারি ব্যাপারটা।"

"কফিশপে? কি দেখেছিলেন কফিশপে? আপত্তিকর কিছু?"

"আরে না না! আমাদের দেশ এখনও অত অ্যাডভান্স হয়েছে নাকি? কফিশপে বসে দুজনে স্যান্ডুইচ খেতে খেতে গল্প করছিল।"

"ব্যস? ওইটুকুতেই বুঝে গেলেন অ্যাফেয়ার?"

"বোঝার চোখ থাকলে ওইটুকু দেখেই বোঝা যায়।"

"তা ঠিক। তবে কিনা জামাইবাবু আর শ্যালিকার সম্পর্ক কিন্তু এমনিতেই একটু অন্যরকম ঘনিষ্ঠ হয়। তাছাড়া এটাও ঘটনা যে দেবাশিসবাবুর প্রতি আপনার একটা তীব্র বিদ্বেষ আছে, অন্তত সেই সময়ে ছিল। সেখান থেকে দেখলে আপনার দেখা বা বোঝাটা ভুল হবার কি যথেষ্ট সম্ভাবনা নেই?"

"আপনি ভুলে যাচ্ছেন, দেবাশিসের সঙ্গে আমি বিয়ে ছাড়া আর সব কিছুই করেছি। ওর এক্সপ্রেশন আমি খুব ভালোভাবে চিনি। সেদিন কফিশপে ওর চোখমুখের যা ভাব ছিল, সেটাও আমার খুবই চেনা। ভুল হবার কোনও চান্স নেই। আপনি খোঁজ নিয়ে দেখুন না, তাহলেই জানতে পারবেন।"

# 6

### *অতনু ঘোষ*

"তুমিই অতনু ঘোষ? এই কলেজের মেক্যানিকাল ফাইনাল ইয়ারের ছাত্র?"

"হ্যাঁ। আপনিই আমার সঙ্গে দেখা করতে এসেছেন?"

"হ্যাঁ, বোসো।"

"আমি কিন্তু আপনাকে ঠিক চিনতে পারলাম না।"

"চেনার কথাও নয়, আর দরকারও নেই। আপাতত আমার এই আই কার্ডটা দেখে রাখো, তাহলেই হবে।"

"আপনি পুলিশ?"

"হ্যাঁ। আর এই মুহূর্তে আমি অন ডিউটি। কাজেই এখন আমি তোমাকে যে প্রশ্নগুলো করব, সেগুলোকে পুলিশের জেরা বলেও ধরতে পারো।"

"কি ব্যাপার বলুন তো? কেউ আমার নামে কেস করেছে নাকি?"

"করার কথা কারোর?"

"না মানে, আমাদের পাশের বাড়ীর ভদ্রলোকের সঙ্গে ঝামেলা হয়েছিল গত রোববার।"

"কি ঝামেলা?"

"তেমন কিছু না। ওনার বাড়ীর গাছের পাতা আমাদের বাড়ীতে পড়ে সবসময়, সেই নিয়ে খানিক কথা কাটাকাটি। আমি শেষে একটা দা নিয়ে গিয়ে ওনার গাছের কয়েকটা ডাল কেটে দিয়েছিলাম। তখন উনি চ্যাঁচাচ্ছিলেন – আমার গাছ আমার প্রপার্টি। আমার প্রপার্টিতে হাত দেওয়া বেআইনি। আমি কেস করব। তাই ভাবলাম উনি সত্যিই কেস-টেস করে দিলেন নাকি।"

"সম্ভবত করেননি। তবে তোমার নামে কেস হলে পুলিশ হয় তোমার বাড়ী যেত অথবা তোমাকে থানায় ডেকে পাঠাত। তোমার কলেজের ক্যান্টিনে বসে তোমার সঙ্গে কথা বলত না।"

"ও।"

"আমি তোমাকে কয়েকটা প্রশ্ন করতে এসেছি, অন্য একটা কেসের ব্যাপারে।"

"কি কেস?"

"দেবাশিস চৌধুরীর সুইসাইড কেস।"

"ওঃ!"

"ঘটনাটা তোমার জানা তো?"

"হ্যাঁ শুনেছি। কিন্তু ওই ঘটনার সঙ্গে আমার কানেকশন কি?"

"ওই ঘটনার সঙ্গে তোমার কানেকশন আছে কিনা সেটা তুমিই ভালো বলতে পারবে। তবে ওই বাড়ীর একজনের সঙ্গে যে তোমার বিশেষ কানেকশন আছে, সেটা তো সত্যি।"

"না নেই। ওই বাড়ীর কারোর সঙ্গে আমার কোনও কানেকশন নেই।"

"সে কি! ব্রেক আপ হয়ে গেছে বলে পুরোনো সম্পর্কটাকে একেবারে অস্বীকার করছ?"

"দেখুন স্যার, ওই সম্পর্কটা আমার জীবনের একটা মস্ত বড় ভুল ছিল। ওটা ভেঙ্গে গেছে, ভালো হয়েছে। আর ওটা নিয়ে কোনও কথা বলার ইচ্ছে আমার নেই।"

"জানি। ইচ্ছে না থাকাটাই স্বাভাবিক। কিন্তু ইচ্ছের বিরুদ্ধেও তো হামেশাই অনেক কিছু করতে করতে হয় আমাদের, তাই না? বাধ্য হয়ে? তেমনটা ধরে নিয়েই নাহয় বলো।"

"কি বলব? কি জানতে চান আপনি?"

"তোমার আর রিয়া মল্লিকের প্রেমকাহিনী। কিভাবে শুরু হল, আর কেনই বা ব্রেক আপ হল।"

"প্রেমকাহিনী বলার মত কিছুই নেই। ফ্রেশারস-এ রিয়াকে দেখে ভালো লেগেছিল আমার। তারপর বন্ধুত্ব হয়, কথাবার্তা শুরু হয়। মাস খানেক বাদে ওকে প্রপোজ করি। ও হ্যাঁ বলে দেয়। আমাদের প্রেমও শুরু হয়ে যায়। আলাদা করে বলার মত কিছু নেই।"

"হুম। তবে ব্রেক আপটা বোধহয় বলার মত কিছু।"

"হ্যাঁ, কারোর ব্রেক আপ তো সবসময়ই অন্যদের এনজয় করার জিনিস। আর তার মধ্যে যদি একটা এক্সট্রা ম্যারিটাল অ্যাফেয়ার থাকে তাহলে তো কথাই নেই।"

"একটু খুলে বল।"

"আমার মনে হচ্ছে আপনি ব্যাপারটা জানেন।"

"হয়তো জানি। আপাতত তোমার মুখ থেকে শুনতে চাইছি। কেন ভাঙল তোমাদের সম্পর্কটা?"

"কারণ রিয়ার আর কোনও বয়ফ্রেন্ড দরকার ছিল না। ওর যাবতীয় চাহিদা ওর জামাইবাবু দেবাশিস চৌধুরী মিটিয়ে দিতেন।"

"এ কথাটা একটু অভিযোগের মত শোনাচ্ছে। আমি কাহিনীটা শুনতে চাইছি, অভিযোগ নয়।"

"কাহিনী কিছু নেই। রিয়ার সঙ্গে ওর জামাইবাবুর অ্যাফেয়ার ছিল। সেটা আমি জানতাম না। জানাজানি হবার পর আমাদের ব্রেক আপ হয়ে যায়।"

"মিউচুয়াল ব্রেক আপ?"

"বলতে পারেন।"

"তার মানে পুরোপুরি মিউচুয়াল নয়। আপত্তি কার ছিল?"

"রিয়ার। ও বলেছিল জামাইবাবুর সঙ্গে ওর সম্পর্কটা নাকি সিরিয়াস কিছু নয়। ও আমাকেই ভালোবাসে। কিন্তু আমি রাজী হইনি।"

"কেন?"

"কারণ ও মিথ্যে বলছিল! যে মেয়ে নিজের দিদিকে, বয়ফ্রেন্ডকে সবাইকে ঠকিয়ে জামাইবাবুর সঙ্গে যা খুশী তাই করতে পারে, তার কথা কে বিশ্বাস করবে?"

"যা খুশী তাই?"

"ওর সঙ্গে ওর জামাইবাবুর ফিসিক্যাল রিলেশন ছিল।"

"বলো কি!"

"হ্যাঁ, আর সেটাই আমাদের ব্রেক আপের আসল কারণ।"

"আই সী।"

"আপনিই বলুন। একটা মেয়ে তার জামাইবাবুর সঙ্গে রেগুলার শুচ্ছে, আর তারপর এসে আমাকে বলছে ওটা নাকি সিরিয়াস কিছু নয়। এটা বিশ্বাস করা যায়?"

"তোমার দিক থেকে দেখলে বিশ্বাস না করাটাই স্বাভাবিক। কিন্তু রিয়া যে তোমাকে ওই কথা বলেছে, তার মানে হয়তো ও সত্যিই তোমাকেই ভালবাসত। বা এখনও বাসে। তোমার সঙ্গে সম্পর্কটা ও মন থেকেই ভাঙতে চায়নি।"

"কেন চাইবে? কলেজে একটা বয়ফ্রেন্ড না থাকলে হয়? ওটা তো স্ট্যাটাস সিম্বল। প্লাস, কত খরচা বেঁচে যায়। সব অকেশনে গিফট পাওয়া যায়। এসব ছাড়া চলে?"

"যদিও এটা তোমার রাগের কথা, তবু তর্কের খাতিরে আমি মেনে নিচ্ছি। কিন্তু এটাই যদি রিয়ার লক্ষ্য হত, তাহলে ও তো জামাইবাবুর সঙ্গে ওর অ্যাফেয়ারের কথাটা চেপে গেলেই পারত। সাপও মরত, লাঠিও ভাঙত না।"

"চেপে যাবার উপায় ছিল না। কারণ ও প্রেগনেন্ট হয়ে গেছিল।"

"ও! আই সী।"

"হ্যাঁ। বাড়ীতে লুকিয়ে অ্যাবরশান করাতে হয়েছিল।"

"বাড়ীতে লুকিয়ে? মানে ওর জামাইবাবু জানতেন না ব্যাপারটা? শুধু তুমি জানতে?"

"না না, ওর জামাইবাবুই তো ওর অ্যাবরশান করিয়েছিলেন। বাড়ীতে লুকিয়ে মানে আমি বলছি ওর দিদি আর বাবাকে লুকিয়ে।"

"ও। কিন্তু তাহলে তো সেই একই প্রশ্ন থেকে গেল। বাড়ীর মত তোমার কাছেও তো ব্যাপারটা লুকোতে পারত ওরা। তোমাকে বলতে গেল কেন? নাকি অন্য কোনোভাবে তুমি বুঝতে পেরেছিলে যে রিয়া প্রেগনেন্ট?"

"না। আসলে, আপনি যে লাইনে ভাবছেন, ঘটনাটা তার চেয়ে একটু আলাদা।"

"মানে?"

"মানে, অ্যাকচুয়ালি রিয়া প্রেগনেন্ট হয়েছিল আমার সঙ্গে শুয়ে।"

"ও!"

"হ্যাঁ। আমাদের মধ্যেও ফিসিক্যাল রিলেশন ছিল। প্রোটেকশানও নিতাম, কিন্তু কিভাবে যেন অ্যাক্সিডেন্টালি ও প্রেগনেন্ট হয়ে গেল একবার।"

"ওরকম হয়। তারপর?"

"খুব চাপে পড়ে গেছিলাম আমরা দুজনে। কলেজে পড়ি, বিয়ে করার উপায় তো নেই। অ্যাবরশান করাতেই হবে। কিন্তু কোথায় কিভাবে করায় কিছুই জানি না। তার ওপর আবার সবকিছু করতে হবে লুকিয়ে।

এদিকে আমি একবার শুনেছিলাম এসব গোপনে অ্যাবরশান করানোর নাকি অনেক বেশী খরচ, সত্যি-মিথ্যে জানি না।”

“হুম। তারপর কি করলে?”

“তখনই রিয়া বলল যে ব্যাপারটা ও ওর জামাইবাবুর ঘাড়ে চাপাতে পারে। আর তখনই আমি জানতে পারলাম ওদের অ্যাফেয়ারের ব্যাপারে।”

“আর তারপরেই ব্রেক আপ?”

“সঙ্গে সঙ্গে নয়। তখন ওর প্রেগনেন্সির ব্যাপারটা নিয়ে আমি এতটাই ঘেঁটে ছিলাম যে সেটা থেকে বেরোবার একটা উপায় পেয়েই লুফে নিয়েছিলাম। ও ওর জামাইবাবুকে কনভিন্স করিয়ে অ্যাবরশান করিয়েও নিয়েছিল। কেউ জানতে পারেনি। কিন্তু তারপর আমার মাথা খারাপ হতে শুরু করল। গোটা ব্যাপারটা যত ভাবতে লাগলাম, তত মটকা গরম হতে লাগল। মেয়েটা এতো দিন ধরে কিভাবে আমাকে ঠকিয়ে চলেছে! আর শুধু আমাকে নয়, ওর নিজের দিদিকেও কিভাবে ঠকাচ্ছে! সব ভেবে মনে হল, ওর সঙ্গে আর সম্পর্ক রাখা সম্ভব নয়। তারপর যেদিন কলেজে দেখা হল, আমি সেটাই পরিস্কার জানিয়ে দিলাম।”

“ঝগড়া হয়েছিল?”

“কথা কাটাকাটি হয়েছিল তখন, পরে ফোনেও হয়েছিল দু-তিন বার। ও কান্নাকাটিও করেছিল। কিন্তু আমি তাতে ভুলিনি।”

“আর সেই থেকে তোমাদের মুখ দেখাদেখি বন্ধ?”

“মুখ দেখাদেখি আর বন্ধ কিকরে হবে স্যার, একই কলেজে পড়ি। তবে আমরা আর কথা বলি না।”

“বন্ধুবান্ধব কি জানে?”

“বন্ধুরা জানে আমাদের ইগো ক্ল্যাশ, সেই থেকে ব্রেক আপ।”

“হুম। তা, তোমাদের ব্রেক আপ হয়েছে তো বেশ অনেকদিন হয়ে গেল।”

“হ্যাঁ।”

“এতদিনে তোমার মটকাও ধরে নেওয়া যায় ঠিকঠাক টেম্পারেচারে ফিরে এসেছে। এখন কি মাঝেসাঝে মনে হয় যে ব্রেক আপটা না করলেও হত, বা সম্পর্কটা আবার শুরু করলে মন্দ হয় না?”

“না স্যার। আজ পর্যন্ত একবারও তেমন কিছু মনে হয়নি। আসলে রিয়ার ওপর থেকে আমার মন পারমানেন্টলি উঠে গেছে।”

# 7

### রিয়া মল্লিক

"তোমার সঙ্গে যেদিন আমি কথা বলেছিলাম, সেদিন তুমি আমাকে একটা তথ্য ভুল দিয়েছিলে।"

"ভুল? কি তথ্য?"

"তোমার দেবুদা ওনার আগের কোম্পানি ছেড়েছিলেন কারণ ওই কোম্পানিতে ওনাকে অনেক ট্যুর করতে হত – এটা।"

"এটাই তো কারণ।"

"সবার জন্য এটাই কারণ, কিন্তু আসল কারণটা কি তুমি জানো না?"

"কি আসল কারণ?"

"রেখা সেন?"

"রেখা সেন? কে রেখা সেন?"

"সত্যিই জানো না কে রেখা সেন? তোমার সঙ্গে তোমার দেবুদার যেরকম অন্তরঙ্গ সম্পর্ক ছিল তাতে তো তোমার জানা উচিৎ।"

"অন্তরঙ্গ সম্পর্ক মানে? কি বলতে চাইছেন আপনি?"

"তুমি যেটা বুঝেছ আমি ঠিক সেটাই বলতে চাইছি।"

"হোয়াট?"

"ইয়েস। আর তার সঙ্গে এটাও বলতে চাইছি যে গতকাল আমি তোমার কলেজে গেছিলাম। সেখানে অতনু ঘোষের সঙ্গে অনেকক্ষণ কথা হল। তারপর সেখান থেকে বেরিয়ে ঘনশ্যাম প্যাথলজিতেও গেলাম একবার। পুলিশ পরিচয় দিতেই ওরা এক কথায় ওদের পুরনো সব কেসের ডিটেল আমাকে দেখিয়ে দিল। বিশেষ করে অ্যাবরশান কেসগুলোর ডিটেল।"

"ও:!"

"এবার কি রেখা সেনের নামটা একটু একটু মনে পড়ছে?"

"হুঁ।"

"বাঃ। তাহলে এবার বল তো ওই দিন তুমি আমার কাছ থেকে আর কি কি গোপন করেছ?"

"অতনুর সঙ্গে আপনার কথা হয়েছে বললেন তো। তার মানে তো আপনি সবই জানেন।"

"অতনু যেটুকু বলেছে সেটুকু জানি। আর তোমার সম্বন্ধে সে যে ভালো কিছু বলেনি, এটা আশা করি বুঝতেই পারছ।"

"হ্যাঁ।"

"তোমারও কি সেই একই বক্তব্য? প্রেমের ভান করে তুমি ওকে ঠকিয়েছ?"

"আমি ওকে সত্যিকারের ভালবাসতাম! আমার প্রেমে কোনোদিন কোনও ভান ছিল না!"

"কিন্তু যে ধাক্কাটা তুমি ওকে দিয়েছ, তারপর কি এই কথাগুলো বিশ্বাস করা যায়?"

"হয়তো যায় না। ও তো বিশ্বাস করেনি, আপনিও হয়তো করছেন না। কিন্তু এটাই সত্যি। আজও আমি ওকেই ভালবাসি।"

"আর তোমার দেবুদা? তাকে ভালবাসতে না?"

"না। ঘটনাচক্রে দেবুদার সঙ্গে আমার একটা সম্পর্ক তৈরী হয়ে গেছিল। আমরা দুজনে একে অপরকে এনজয় করতাম। কিন্তু ওইটুকুই। ভালবাসা-টাসা ছিল না।"

"ঘটনাচক্রে ঘটনা ঘটে রিয়া। একবার বা দুবার। মন থেকে ইচ্ছে না থাকলে সম্পর্ক তৈরী হয়না।"

"ইচ্ছে আমার ছিল না, আপনি বিশ্বাস করুন। প্রথমত আমি নিজে থেকে ওই ব্যাপারটা শুরু করিনি। আর বার দুয়েকের পর আমি ব্যাপারটা থেকে বেরিয়েও আসতে চেয়েছিলাম। পারিনি।"

"কেন?"

"ব্যাপারটা কেমন যেন অ্যাট্রাক্ট করত আমাকে। সেটা এড়াতে পারতাম না। দেবুদার প্রশ্রয় তো ছিলই। তার ওপর দেবুদা খুবই সুপুরুষ, আর – "

"আর কি?"

"না মানে, ইয়ে – "

"শয্যাসঙ্গী হিসেবে খুব ভালো পারফর্মার?"

"হ্যাঁ, সেটাই।"

"আর সেই পারফরমেন্সেই তুমি ভেসে গেলে?"

"বলতে পারেন। বুঝতে পারতাম কাজটা ঠিক করছি না, এটা বন্ধ করা দরকার, না হলে খুব বড় সমস্যা হবে একদিন। কিন্তু যখনই সুযোগ আসত, কিসের টানে যেন চলে যেতাম দেবুদার কাছে। নিজেকে কন্ট্রোল করতে পারতাম না। প্রত্যেকবার একটা গিল্টি ফিলিংস হত। অথচ পরের বার আবার সেই অ্যাট্রাকশন।"

"বুঝলাম। যদিও এই অজুহাতে তোমার দোষস্খলন হয় না।"

"জানি। ইন ফ্যাক্ট আমি ফাইনালি এটা থেকে বেরিয়েও এসেছিলাম। অ্যাবরশানের পর আর একবারও আমি দেবুদার সঙ্গে কিছু করিনি। কিন্তু অতনু সেটা দেখল না!"

"সেটাই তো স্বাভাবিক। বিশ্বাস ভাঙতে লাগে এক সেকেন্ড। আর একবার ভাঙলেই গেল। নো মেরামতি। এই যেমন আমি আর তোমার কোনও কথাই পুরোপুরি বিশ্বাস করতে পারছি না।"

"কেন? আমি তো এখন সত্যি কথাই বলছি আপনাকে।"

"হয়তো বলছ। কিন্তু ওই যে একবার সত্য গোপন করেছ, বিশ্বাসটা ভেঙে গেছে। এখন তোমার সব কথাতেই মনে হচ্ছে, হয়তো এটা মিথ্যে।"

"আপনি পুলিশের লোক বলেই হয়তো একটু বেশী খুঁতখুঁতে। কিন্তু আমি আপনাকে মিথ্যে বলছি না।"

"বেশ। তাহলে আরও কয়েকটা সত্যি কথা বল দেখি।"

"কি?"

"তোমার জামাইবাবুর সঙ্গে তোমার সম্পর্কটা শুরু হয়েছিল কবে? ওনার নতুন অফিসে জয়েন করার আগে না পরে?"

"পরে।"

"তার মানে রেখা সেনের সঙ্গে সম্পর্ক চুকিয়ে দিয়ে দেবাশিসবাবু নতুন সম্পর্ক তৈরী করেছিলেন তোমার সঙ্গে, তাই তো?"

"ব্যাপারটা ঠিক সেরকম নয়।"

"তাহলে কিরকম? সত্যিটা বলো।"

"সত্যিটাই বলছি। দেবুদা আমার সঙ্গে সম্পর্ক তৈরী করেনি।"

"একটু আগেই যে বললে, তুমি নিজে থেকে এটা শুরু করোনি? মিথ্যে কথা ছিল সেটা?"

"না, সেটাও সত্যি। আমরা দুজনের কেউই নিজে থেকে ওই সম্পর্কটা তৈরী করিনি।"

"তার মানে? তোমাদের দুজনের গোপন অবৈধ সম্পর্ক, কে সেটা তৈরী করে দিল?"

"দিদি।"

"দিদি? তোমার দিদি?"

"হ্যাঁ। দিদিই আমাকে বলেছিল দেবুদার সঙ্গে অবৈধ সম্পর্ক তৈরী করতে।"

# ৪

## *দিয়া মল্লিক*

“আপনার স্বামীর কেসটা ক্লোজ করতে একটু সময় লেগে গেল বলে দুখিঃত ম্যাডাম।”

“কেস ক্লোজ হয়েছে?”

“হ্যাঁ। সুইসাইডটা নিয়ে শুরুতে একটু সন্দেহ ছিল, কিন্তু এখন আর নেই।”

“এখন কনফার্ম হয়েছেন আপনারা?”

“একদম কনফার্ম হয়ে গেছি, যে এটা সুইসাইড নয়।”

“সুইসাইড নয়? তাহলে?”

“আমার তো এটাকে খুন বলতেই ইচ্ছে করছে।”

“খুন? কি বলছেন? কে খুন করল ওকে?”

“সেটা আপনিই জিগ্যেস করছেন ম্যাডাম? স্বামীকে পরীক্ষা করার জন্য অমন দুরন্ত ফন্দি আঁটলেন। নিজের অসুস্থ বাবার রাতের ঘুমের তোয়াক্কা না করে নিপুন হাতে এত সুন্দরভাবে সবকিছু সাজালেন। আর এখন আপনার মুখে এই প্রশ্ন কি মানায়?”

“মা-মানে?”

“এবার আপনার অভিনয়টাও খারাপ হচ্ছে। আপনার চোখ-মুখ স্পষ্ট জানান দিচ্ছে যে আপনি আমার কথার মানে ভালোই বুঝতে পারছেন।”

“কি বলছেন আপনি, আমি কিছুই – ”

“আচ্ছা, ঠিক আছে। আপনি যখন চাইছেন তখন আমি আরও খোলসা করেই গল্পটা বলি? তাতে অবশ্য ভালোই হবে। গল্পে কোথাও ভুল-ভ্রান্তি

থাকলে আপনি শুধরে দিতে পারবেন।"

"কি গল্প?"

"দেবাশিসবাবুর গল্প। বলি?"

"বলুন।"

"বিয়ের পর থেকে শুরু করছি। আপনাকে বিয়ে করে দেবাশিসবাবু ঘরজামাই হয়ে শ্বশুরবাড়ীতে থাকার প্রস্তাব পেলেন। এখানে ওনার নিজের বাড়ী বা ফ্ল্যাট ছিল না। বিনে পয়সায় মাথার ওপর ছাদ পেয়ে রাজীও হয়ে গেলেন। কিন্তু সমস্যা মালুম হল অচিরেই। ছোট বাড়ী, সেখানে পাঁচজন লোক, প্রাইভেসির বড়ই অভাব। নতুন বউকে একান্তে পাবার উপায় প্রায় নেই বললেই চলে। হয়তো উনি অন্য কোথাও শিফট করার কথা ভাবছিলেন। কিন্তু কপাল খারাপ, রাস্তায় অ্যাক্সিডেন্ট হল শ্বশুর-শাশুড়ির। শাশুড়ি মারা গেলেন আর শ্বশুর ইনভ্যালিড হয়ে বিছানায় পড়ে গেলেন। এক ধাক্কায় সব দায়িত্ব ঘাড়ে এসে পড়ল। কাজ বাড়ল, খরচ বাড়ল, আর কমে গেল নিজেদের জন্য সময়। বউকে এতদিন তবু রাতে বিছানায় পেতেন, সেটাও হারাতে হল। শ্বশুর নড়তে পারেন না, ফলে বউ বাধ্য হল রাতে নিজের বিছানা ছেড়ে বাবার সঙ্গে শুতে। শুরুটা ঠিক করলাম তো ম্যাডাম?"

"হ্যাঁ।"

"থ্যাঙ্ক ইউ। কথায় বলে, দুনিয়ায় কোনও ফাঁকা জায়গাই বেশীদিন ফাঁকা থাকে না। রেখা সেন নামে দেবাশিসবাবুর এক অফিস কলিগ ছিলেন। ওনারই বয়সী, আর বিয়ের আগে দেবাশিসবাবুর প্রতি ওনার একটু দুর্বলতাও ছিল। ভালো বন্ধু ছিলেন দুজনে, তাই বাড়ীর সমস্যার কথা ওনার কাছে বলতেন দেবাশিসবাবু। সহানুভূতিও পেতেন। সেই সহানুভূতিই ঘন হতে হতে একসময় প্রেমের আকার নিয়ে নিল। ভদ্রমহিলার তো দুর্বলতা ছিলই, দেবাশিসবাবুও ঢলে পড়লেন। শুরু হয়ে গেল অ্যাফেয়ার। বেশ জমিয়েই চলছিল সবকিছু। অফিস থেকে মাঝে মাঝে ট্যুরে যেতে হয়। সেই ট্যুরের বাহানায় দুজনে বারকয়েক এদিক-ওদিক বেড়িয়েও এলেন। প্রেম এতটাই গভীর হয়ে গেছিল যে দেবাশিসবাবু নিজের স্ত্রীকে ডিভোর্স দিয়ে রেখা সেনকে বিয়ে করার কথাও দিয়ে ফেলেছিলেন। রেখা সেনও এক পায়ে রাজী। তিনিও ততদিনে দেবাশিসবাবুকে মনেপ্রাণে নিজের স্বামীর আসনে বসিয়ে দিয়েছেন। এতদূর পর্যন্তও ঠিক আছে তো?"

"আছে।"

"এর পরেই হল গণ্ডগোল। সত্যি সত্যিই যখন স্ত্রীকে ডিভোর্স দিয়ে প্রেমিকাকে বিয়ে করার সময় এল, তখন বেঁকে বসলেন দেবাশিসবাবু। বেঁকে বসার কারণটা যদিও আমার সঠিক জানা নেই। হতে পারে, আচমকা ওনার বিবেক জেগে উঠেছিল, উপলব্ধি করেছিলেন যে স্ত্রীর সঙ্গে এমন করাটা ঠিক নয়। আবার এটাও হতে পারে যে ডিভোর্স-টিভোর্সের মত ঝামেলায় যাবার মানসিক শক্তি ওনার ছিলনা। যাই হোক, উনি ঠিক করলেন এই প্রেম থেকে বেরিয়ে আসবেন। তার জন্য প্রথমে চাকরি বদলালেন। প্রেমিকার থেকে দূরে সরে গেলেন। তারপর তাকে অ্যাভয়েড করা শুরু করলেন। ভেবেছিলেন বুদ্ধিমতী রেখা সেন বুঝতে পেরে নিজেই সরে যাবেন। হয়তো বা একটু ঝগড়াঝাঁটি হবে, তার বেশী কিছু নয়। কিন্তু এখানেই রেখা সেনকে আন্ডার এস্টিমেট করেছিলেন উনি। রেখা সেন প্রথমে ঝগড়াঝাঁটি করলেন। তারপর যখন দেবাশিসবাবু ফাইনাল জবাব দিয়ে সম্পর্কে ইতি তেনে দিলেন, তখন তিনি খেপে গিয়ে মারলেন কামারের এক ঘা। সোজা ফোন করে বসলেন আপনাকে। তাই তো?"

"হ্যাঁ।"

"ফোনে উনি আপনাকে সব কথা বলে দিলেন। কিন্তু আপনি বিশ্বাস করলেন না। উল্টে দেবাশিসবাবুকে জানালেন ব্যাপারটা। দেবাশিসবাবু আপনার মত করে আপনাকে বুঝিয়ে ম্যানেজ করলেন। তারপর রেখা সেনকে ফোন করে একরকম থ্রেট দিলেন। আর তাতে হল হিতে বিপরীত। রেখা সেন আরও খেপে গিয়ে একেবারে এবাড়ীতে চলে এলেন। আপনার মুখোমুখি বসে আপনাকে আরও বিস্তারিত ভাবে জানালেন ওনাদের সম্পর্কের সব কিছু। আর আপনি বাক্‌রুদ্ধ হয়ে শুনলেন আপনার স্বামীর অবৈধ সম্পর্কের বিবরণ। তাই তো?"

"হ্যাঁ। আর কি করার ছিল আমার?"

"করার হয়তো অনেক কিছুই ছিল, কিন্তু তখন আপনি কিছুই করেননি। আমার ধারণা আপনি থম মেরে গেছিলেন। রেখা সেন সম্ভবত দেবাশিসবাবুর ব্যাপারে এমন কিছু বলেছিলেন যেটা দেবাশিসবাবুর সঙ্গে শারীরিক সম্পর্ক না থাকলে জানা সম্ভব নয়। সেটাই আপনাকে ভাবিয়ে তুলেছিল। ঠিক বললাম?"

"হ্যাঁ।"

"আপনি ইমিডিয়েটলি কিছুই করলেন না। ফলে দেবাশিসবাবু জানতে পারলেন না রেখা সেনের বাড়ীতে আসার ঘটনাটা। ওদিকে দেবাশিসবাবুর

বা আপনার দিক থেকে আর কোনও সাড়াসব্দ না পেয়ে রেখা সেন বুঝে গেলেন আপনি এবারেও ওনার কথা বিশ্বাস করেননি। উনি বিরক্ত হয়ে ব্যাপারটায় দাঁড়ি টেনে দিলেন। জানতেও পারলেন না যে ওনার ছোঁড়া তীর একেবারে ঠিক জায়গায় লেগেছে। আপনার ঘুম কেড়ে নিয়েছে ওনার কথা। আপনি অনেক ভাবলেন। তারপর ঠিক করলেন, যত যাই হোক, বাইরের লোকের কথা আপনি চোখ বুজে বিশ্বাস করবেন না। স্বামীর চরিত্রের পরীক্ষা নেবেন। আবার অবৈধ সম্পর্কের টোপ দেবেন স্বামীকে। হাতেনাতে সব প্রমাণ হয়ে যাবে। ঠিক পথে যাচ্ছি তো?"

"হ্যাঁ।"

"কিন্তু টোপটা দেবেন কাকে দিয়ে? বিশ্বস্ত নাম একটাই ছিল, অটোমেটিক্যালি সেটাই এল আপনার মাথায়। আপনার নিজের বোন রিয়া। বোনকে সব কথা খুলে বললেন আপনি। তারপর জানালেন আপনার প্ল্যানের কথা। সে সানন্দে রাজী হয়ে গেল। নিজের মাইডিয়ার জামাইবাবুকে টোপ দিয়ে পরীক্ষা করা, কলেজ-পড়ুয়া মেয়ের কাছে এ তো এক দারুণ মজার খেলা। আপনারা দুই বোন মিলে প্ল্যান করলেন, তারপর সেই প্ল্যান মাফিক রিয়া দেবাশিসবাবুকে ঢলানি দিতে শুরু করল। প্রায় মাসখানেক চেষ্টার পর বোঝা গেল দেবাশিসবাবুর চরিত্র সত্যিই ঠিকঠাক। কোনোরকম প্রলোভনে পা দেওয়ার লোক তিনি নন। রিয়া ক্লিনচিট দিল জামাইবাবুকে, আর আপনার মন থেকে বোঝা নেমে গেল। যদিও রেখা সেনের ওই কয়েকটা কথা আপনার মন থেকে পুরোপুরি মুছে যায়নি, কিন্তু মোটের ওপর নিশ্চিন্ত হলেন আপনি। ঠিক?"

"ঠিক।"

"কিন্তু এখানে আপনার অগোচরে যে ঘটনাটা ঘটে গেছিল, সেটা হল দেবাশিসবাবুর পরীক্ষার মার্কশিটের ম্যানিপুলেশন। আপনাদের দুই বোনের নেওয়া পরীক্ষায় আদতে দেবাশিসবাবু ডাহা ফেল করেছিলেন। বিবাহ-বহির্ভূত সম্পর্কের অভিজ্ঞতা ওনার আগেই ছিল। দ্বিতীয়বার ইনভিটেশন পেয়ে তাতে সাড়া দিতে উনি দেরী করেননি। খুব তাড়াতাড়িই রিয়ার সঙ্গে একদম বিছানায় পৌঁছে গেছিলেন। রিয়ারও নিজের বয়ফ্রেন্ডের সঙ্গে শারীরিক সম্পর্কের অভিজ্ঞতা আগে থেকেই ছিল। সেদিক থেকে তার কোনও সমস্যা তো ছিলই না, বরং সুপুরুষ জামাইবাবু তাকে দারুণভাবে স্যাটিসফায়েড করে ফেলে। ব্যাপারটার নেশা ধরে যায় তারও। ব্যস। উল্টে যায় পরীক্ষার মার্কশিট। ওদিকে আপনি নিশ্চিন্ত হয়ে যান, আর এদিকে

আপনার ঘরেই চলতে থাকে নতুন অ্যাফেয়ার। তাই তো?"

"হ্যাঁ।"

"অ্যাফেয়ারটা খুব সুন্দরভাবে সামলাচ্ছিলেন দুজন। কিন্তু এর মধ্যে রিয়ার কলেজের বয়ফ্রেন্ড এক ব্লান্ডার করে বসল। রিয়াকে প্রেগনেন্ট করে ফেলল। দুজনেই কলেজ স্টুডেন্ট, বিয়ে করা সম্ভব নয়। একমাত্র রাস্তা অ্যাবরশান। কিন্তু সেখানেও সমস্যা। কোথায় করাবে, কিভাবে হবে, কত খরচ – কিছুই জানা নেই। তখন রিয়া বুদ্ধি করে ব্যাপারটা জামাইবাবুর ঘাড়ে চাপাল। দেবাশিসবাবু আগেও একবার নিজের অসাবধানতায় রেখা সেনকে প্রেগনেন্ট করে ফেলেছিলেন। উনি খেয়ে গেলেন ব্যাপারটা। রিয়াকে নিয়ে গোপনে অ্যাবরশান করিয়ে আনলেন সেই প্যাথলজি থেকে, যেখানে রেখা সেনকে নিয়ে গেছিলেন। রিয়ার প্ল্যান সাকসেসফুল হয়ে গেল। যদিও এর জন্য বয়ফ্রেন্ডের সঙ্গে ওর ব্রেক আপও হল। ব্রেক আপের খবরটা কি আপনি জানেন?"

"জানি। আর কারণটাও বুঝেছিলাম।"

"হ্যাঁ। আর সেটা রিয়াও বুঝতে পারেনি যে আপনি বুঝে গেছিলেন। রিয়া সাধারণ শরীর খারাপের বাহানা দিয়ে নিজের প্রেগনেন্সি আর অ্যাবরশানের ব্যাপারটা চাপা দেবার চেষ্টা করেছিল। কিন্তু আপনি ধরে ফেলেছিলেন ওর আসল সমস্যা। আর সেইসঙ্গে ওর আর দেবাশিসবাবুর গোটা অ্যাফেয়ারের ব্যাপারটাও একদম ছবির মত পরিস্কার হয়ে যায় আপনার সামনে। ঠিক বলছি?"

"ঠিকই বলছেন।"

"আর তারপরেই আপনি চরম সিদ্ধান্ত নেন, দেবাশিসবাবুকে শেষ করে দেওয়ার। তাই তো?"

"সেটা কি খুব অন্যায় কিছু?"

"ন্যায়-অন্যায়ের বিচার তো আমি করছিনা ম্যাডাম। আমি শুধু গল্প বলছি। বলি?"

"বলুন।"

"আপনি সিদ্ধান্ত তো নিয়ে ফেললেন, কিন্তু কাজটা করবেন কিভাবে? কাউকে খুন করা চাট্টিখানি কথা নয়। সবচেয়ে শক্ত কাজ হল প্রমাণ লোপাট করা। আর ধরা পড়লেই যাবজ্জীবন। তাহলে?"

"তাহলে কি?"

"এটাও আমি বলব, না আপনি?"

"আপনিই বলুন।"

"বেশ। তবে এটা খানিকটা আমার অনুমান। খুন করার একটা অস্ত্র আপনার হাতেই ছিল। আপনার বাবার ঘুমের ট্যাবলেট। কায়দা করে কিছুতে মিশিয়ে দেবাশিসবাবুকে খাইয়ে দিলেই হল। কিন্তু সমস্যা হল, সেই ট্যাবলেট গোনাগুন্তি। আর তার হিসেব আপনি বা দেবাশিসবাবু ছাড়াও আরেকজন জানেন, ডাক্তার পাল। খুন করতে গেলে তো আর এক-আধটা ট্যাবলেটে হবে না, অনেকগুলো লাগবে। একসঙ্গে অত ট্যাবলেট কেনাই হয় না। আর ওই ট্যাবলেট কেনেন দেবাশিসবাবু। আপনি দুম করে কিনতে যেতেও পারবেন না। তাহলে? আবার ভাবতে বসলেন আপনি। আর ভেবে বেরও করলেন এক চমৎকার উপায়। আপনার বাবার রোজ রাতে একটা করে ট্যাবলেট লাগে। আপনি আধখানা করে দিতে শুরু করলেন। আর একদিন অন্তর একটা করে ট্যাবলেট সরাতে শুরু করলেন। হিসাব ঠিক রইল, কেউ কিছু টের পেল না, অথচ মাসখানেকের মধ্যে আপনার হাতে একগুচ্ছ ট্যাবলেট চলে এল। আপনার বাবার শুধু ইদানিং রাতে ঘুম ভালো হত না, তবে তাতে কেউ কিছু সন্দেহ করেনি। তাই তো?"

"হ্যাঁ।"

"এবার বাকি রইল শুধু ট্যাবলেটগুলো দেবাশিসবাবুকে খাওয়ানো। সেটা সবচেয়ে সোজা কাজ। কিন্তু সেখানেও একটা ছোট্ট খেলা খেললেন আপনি। ওনার অফিসে ইদানিং কাজের চাপ চলছিল, উনি রাত করে ফিরছিলেন। রাতে বাড়ী ফিরে উনি রোজ এক কাপ কফি খান। আর কফিতে গুঁড়ো চিনি মেশান। সেই চিনির মাপটা আপনি খুব ভালো জানেন। সেদিন রাতে আপনি রান্নাঘরের গুঁড়ো চিনির পাত্রে ঠিক সেইটুকু চিনিই রাখলেন যেটুকু ওনার এক কাপ কফিতে লাগে। আর ঘুমের ট্যাবলেটগুলো গুঁড়ো করে মিশিয়ে দিলেন সেই চিনির সঙ্গে। তারপর তড়িঘড়ি ঘুমোতে চলে গেলেন। নিজে হাতে খুন করলেন না স্বামীকে, শুধু ওনার আত্মহত্যার ফাঁদ পেতে দিয়ে গেলেন। আমি কি গোটা গল্পটা ঠিকঠাক বলতে পারলাম?"

"হ্যাঁ। ঠিকই বলেছেন।"

"তার মানে আপনি আপনার দোষ স্বীকার করে নিচ্ছেন?"

"যদি এটাকে আপনি দোষ বলে মনে করেন।"

"ঠাণ্ডা মাথায় একটা লোককে মৃত্যুমুখে ঠেলে দিলেন, সেটা দোষ নয়?"

"আর সেই লোকটা কি করেছে? ঠাণ্ডা মাথায় দিনের পর দিন আমাকে ঠকায়নি? তাকে আমি মন-প্রাণ দিয়ে ভালবাসতাম, অন্ধের মত বিশ্বাস

করতাম। আমার সেই বিশ্বাসকে, সেই ভালবাসাকে সে ঠাণ্ডা মাথায় গলা টিপে মারেনি? সেগুলো কি দোষ নয়?"

"এটা তো অঙ্ক নয় ম্যাডাম, যে উনিও দোষ করেছেন বলে আপনার দোষ কাটাকুটি হয়ে যাবে। ওনার দোষের শাস্তি ওনার প্রাপ্য। কিন্তু সেই শাস্তি দিতে গিয়ে আপনি যেটা করলেন সেটাও তো একটা শাস্তিযোগ্য অপরাধ হয়ে গেল।"

"বেশ। তাহলে আপনি এবার আমাকে শাস্তি দিন।"

"শাস্তি তো আপনাকে পেতেই হবে। তবে দুঃখের ব্যাপার কি জানেন, আপনার জন্য অন্য একজনও শাস্তি পাচ্ছে।"

"কে?"

"আপনার বোন, রিয়া।"

"ও আমার জন্য শাস্তি পাচ্ছে? ওর নিজের কোনও দোষ আপনি দেখতে পাচ্ছেন না?"

"কি দোষ? দেবাশিসবাবুর সঙ্গে অ্যাফেয়ারে জড়িয়ে পড়া? সেই পথে ওকে ঠেলে কে দিয়েছে? একটা কলেজে পড়া বাচ্চা মেয়েকে দিয়ে আপনি প্রেমের টোপ দিচ্ছেন এমন একজন লোককে, যিনি পরকীয়ায় অভ্যস্ত। এখানে যেটা হয়েছে সেটাই তো স্বাভাবিক। আর সেটার ফলে রিয়া ওর বয়ফ্রেন্ডকে হারিয়েছে, যে ছেলেটা ওকে হয়তো সত্যিই ভালবাসত। তাও তো ও এখনও ক্লাইম্যাক্সটা জানে না।"

"মানে?"

"দেবাশিসবাবু ঠিক কিভাবে মারা গেছেন সেটা তো এখনও জানে না রিয়া। যখন জানবে, বুঝতে পারবে যে ওর জামাইবাবুর কফিতে না জেনে ঘুমের ওষুধ গুলে দিয়েছিল ও নিজেই। তখন ওর মনের অবস্থাটা কি হবে ভেবে দেখেছেন?"

"আমি কিছুই ভাবতে চাই না। ওরা দুজনেই আমার সঙ্গে বিশ্বাসঘাতকতা করেছে।"

"সেটা খানিকটা আপনারই দোষে। আপনার স্বামী যে আপনার সঙ্গ না পেয়ে মানসিক আর শারীরিক ভাবে হতাশ হয়ে পরছেন, সেটা আপনার বুঝতে পারা উচিৎ ছিল। আপনার বোন যে মানসিকভাবে খুব শক্তপোক্ত নয়, মিথ্যে প্রেমের খেলায় নামলে তার হারার চান্সই বেশী, সেটাও আপনার বুঝতে পারা উচিৎ ছিল। বিশ্বাসঘাতকতা করার সুযোগ একরকম আপনিই করে দিয়েছেন ওদের।"

"তার মানে দোষ শুধু আমার?"

"তা তো বলিনি। রেখা সেন যেদিন এবাড়ীতে এসে আপনাকে সব কথা বলে গেছিলেন, সেদিন পর্যন্ত আপনি নির্দোষ ছিলেন। কিন্তু তারপর আপনি ভুল কাজ করা শুরু করেছেন। আর শেষ পর্যন্ত যেটা করেছেন সেটাকে খুন ছাড়া আর কিছুই বলা যায় না।"

"তাহলে আপনি এখন কি করবেন? খুনের দায়ে অ্যারেস্ট করবেন আমাকে?"

"আমার যা করার তা তো আমি করবই। তবে তার আগে আপনি একটা কাজ করবেন।"

"কি কাজ?"

"আসল ঘটনাটা নিজে মুখে আপনার বোনকে বলবেন।"

"আমি বলব?"

"হ্যাঁ। সবার আগে এই ব্যাপারে আপনাদের দুজনের মধ্যে একটা বোঝাপড়া হওয়া দরকার।"

"ওঃ!"

"তাহলে ওকে ডাকি?"

"একটা প্রশ্ন করব আপনাকে?"

"করুন।"

"গোটা ঘটনাটা আপনি বুঝতে পারলেন কিভাবে?"

"সন্দেহ আমার প্রথম দিনই হয়েছিল। ওই রাতে দেবাশিসবাবু কখন বাড়ী ফিরেছিলেন সেটা আপনি জানতেন। আপনিই আমাকে বলেছেন। তার মানে আপনি তখন জেগে ছিলেন। আর আপনি এটাও জানতেন যে উনি ক্লান্ত হয়ে বাড়ী ফিরে কফি চাইবেন। সেক্ষেত্রে আপনার ওনাকে কফি বানিয়ে দেওয়াটাই স্বাভাবিক ছিল। অথচ আপনার বোন বলেছে ওকে জামাইবাবুর কফি বানাতে হয়েছিল, কারণ আপনি ঘুমিয়ে পড়েছিলেন। এই ব্যাপারটায় আমার প্রথম খটকা লাগে। দ্বিতীয় খটকা হল দেবাশিসবাবুর অফিসের হার্ড ডিস্ক, যেটা উনি সেই রাতে বাড়ীতে নিয়ে এসেছিলেন, রাত জেগে কাজ শেষ করবেন বলে। যে লোক রাতে সুইসাইড করতে চলেছে, সে সুইসাইড করার আগে আর যাই করুক, অফিসের কাজ করতে বসবে না। দেবাশিসবাবু সেটাই করেছেন। এতেই আমি মোটামুটি নিশ্চিত হয়ে যাই যে উনি সুইসাইড করেননি, খুন হয়েছেন। তারপর নানাজনের সঙ্গে কথা বলে নানা ঘটনা বেরিয়ে এল। শেষে সব ঘটনাগুলোকে লজিক্যালি জুড়লাম, পরিস্কার হয়ে

গেল পুরো ছবিটা।"

www.ingramcontent.com/pod-product-compliance
Lightning Source LLC
LaVergne TN
LVHW041639070526
838199LV00052B/3449
* 9 7 9 8 8 8 6 0 6 5 5 0 3 *